中国当代杂文精品大系

1949—2013

朱铁志 主编

“十二五”国家重点图书出版规划项目

从《国际歌》和《东方红》说起

周修睦杂文自选集

周修睦／著

金城出版社
GOLD WALL PRESS

图书在版编目(CIP)数据

从《国际歌》和《东方红》说起 : 周修睦杂文自选集 / 周修睦著. —北京 : 金城出版社, 2014.4

ISBN 978-7-5155-0975-4

Ⅰ. ①从… Ⅱ. ①周… Ⅲ. ①杂文集–中国–当代

Ⅳ. ①I267.1

中国版本图书馆CIP数据核字(2014)第006062号

从《国际歌》和《东方红》说起

作　　者 周修睦
主　　编 朱铁志
出 版 人 王吉胜
责任编辑 柯　湘
开　　本 880毫米 × 1230毫米　1/32
印　　张 9.75
字　　数 160千字
版　　次 2015年1月第1版　2015年1月第1次印刷
印　　刷 北京金瀑印刷有限责任公司
书　　号 ISBN 978-7-5155-0975-4
定　　价 45.00元

出版发行 **金城出版社** 北京市朝阳区广泽路2号院东区14号楼
邮　　编 100102
发 行 部 (010)84254364
编 辑 部 (010)64215770
总 编 室 (010)64228516
网　　址 http://www.jccb.com.cn
电子邮箱 jinchengchuban@163.com
法律顾问 陈鹰律师事务所　(010)64970501

周修睦，1926年生。广东省潮阳县人。报刊编辑。现为上海《解放日报》离休十部。业余在京、沪、穗等地报刊上发表杂文。所作曾入选《中国新文艺大系杂文集》、《中国杂文大观》、《中国新文学大系杂文卷》等，著有《再思集》。

周修睦

目录

写在前面的话

朱铁志

选编一套全面反映当代中国杂文创作概貌的大型丛书，是我一段时间以来的愿望。

现代意义的杂文创作，肇始于五四新文化运动，以鲁迅先生为代表。新中国成立后，以中共十一届三中全会为分水岭，经历了前后两个三十年的不同阶段。从建国初到十一届三中全会前三十年，由于“反右”、“文革”等政治运动的影响，杂文创作就整体而言比较萧条，只有前后三个阶段短暂的“繁荣”期，出现了《“三家村”札记》、《燕山夜话》、《长短录》等代表性作品，就时间而言，累计不超过两年。

杂文真正的繁荣期是十一届三中全会以后。以1976年打倒“四人帮”为标志，伴随着真理标准的大讨论，新时期文学开启了狂飙突进的新时代。在文学大军浩荡前行的队伍里，杂文与小说、诗歌一道，成为引领思想解放的光荣一翼。它以睿智的眼光、坚韧的意志、不屈的姿态，傲然挺立在新时期乍暖还寒的土地上。仿佛报晓的雄鸡，又像滚动的春雷，将蛰伏的生灵唤醒，把冰冻的土地融化。于是，无数思索的目光透过“花边文学”窥见时代风云变幻，无数焦渴的灵魂在震撼中开始寻找失落的尊严。由鲁迅先生开启的“社会批评”、“文明批评”的杂文传统，在这一刻焕发出特殊的力量，启发群伦，激励民众，推动社会变革。如果说新时期以思想解放为发端，那么完全可以说，新时期文学的苏醒、奋起、繁荣，既有以“天安门诗抄”为代表的诗歌的功绩，有以《伤痕》、《班主任》为代表的“伤痕文学”的贡献，同时也有以《鬣狗的风格》、《江东子弟今犹在》、《东方红这首歌》、《切不可巴望“好皇帝”》、《华表的沧桑》、《语录考》、《万岁考》等为代表的一大批优秀杂文的贡献。思想解放运动作为新时期的发动机，是杂文复兴最重要的思想基础和推动力量；新时期杂文的繁荣是思想解放运动的必然结果和逻辑延伸。作为时代精神的特殊反映，新时期杂文以最敏感的神经感应世事变迁，以最锋利的武器对腐朽势力发起有效进攻。时代进步有它的助力，社会发展有它的功绩。作为思想解放的先驱、历史进步的先声，新时期杂文以其宏大的创作群体、优异的创作实绩、广泛的社会影响，彪炳文学史，笑对时代潮，成为杂文家足堪自豪的美好记忆。这当中，有以严秀、秦牧、何满子、章明、林放、牧惠、邵燕祥、王春瑜等为代表的前辈作家，有以陈四益、陈泽群、符号、李下、鄢烈山、王乾荣、李乔、甲乙等为代表的中年作家，有以张心阳、陆春祥、潘多拉、杨学武、杨庆春、刘洪波等为代表的青年作家。1989 年《人民日报》“风华杯”杂文征文标志着新时期杂文创作的顶峰，表现出前所未有的思想深度、艺术魅力和社会影响力，是新时期杂文创作的标志性事件。

集中反映新时期杂文创作成就的文集数量庞大，规模不等，目前被普遍关注的主要有七种，一是曾彦修（严秀）、秦牧、陶白主编的《中国新文艺大系·杂文集（1976—1982）》，1987 年由中国文联出版公司出版；二是严秀、牧惠主编的《中国当代杂文选粹》，四辑共 40 本，由湖南文艺出版社出版；三是张华、蓝翎、姚春树、牧惠、朱铁志主编的《中国杂文大观》，1989 年由天津百花文艺出版社出版；四是刘成信主编《中国当代杂文八大家》，1997 年由时代文艺出版社出版；五是朱大路主编的《杂文 300 篇》和《世纪末杂文 200 篇》，分别于 2000 年和 2001 年由文汇出版社出版；六是刘成信主编《中国杂文》（百部），2013 年起由吉林出版集团有限责任公司出版；七是朱铁志主编《中国新文学大系·杂文卷（1976—2000）》，2009 年由上海文艺出版社出版。

上个世纪80年代末期，在协助牧惠先生主编《中国杂文大观》第四卷过程中，我比较系统地阅读了新时期以来的杂文作品，搜集了大量杂文集和其他杂文资料。2006年，承蒙王蒙、王元化二位先生的邀请，由王充闾先生和我主编《中国新文学大系·杂文卷（1976—2000）》（王充闾先生后因健康原因退出），再次比较系统地阅读了新时期的杂文作品。两次经历使我突出感到，新时期杂文是新中国成立以来环境最为宽松、创作最为活跃、成果最为丰厚的时期。两个大型选本虽然以时间为序，各自选编了五六十万字的杂文佳作，但限于篇幅，远不能全面反映这一时期杂文创作的全貌，迫切需要在适当时候以杂文家为线索，选编一套全景式展现新时期杂文创作整体水平的大型丛书。

《中国当代杂文精品大系（1949—2013）》就是这个设想的产物。我们拟在原来工作的基础上，选编一个更加全面、更加权威、更加开放、更大规模的选本。该丛书以时间为经，以代表性作者为纬，每人精选一本本人迄今为止全部创作的代表性作品，突出思想性、文学性、史料性，力争为后人留下一份基本能够反映当代杂文创作水平、可资信赖和检索的翔实资料。选本的时间跨度为1949年至2013年，但其重点如其所述，毫无疑问是新时期以来的杂文创作。选本不存门户之见，不论名气大小，不搞亲疏远近，不做成封闭体系，力争客观、公允、理性、包容。人选数量将从创作实际出发随时增减。 近年来，随着时间的流逝，何满子、冯英子、黄秋耘、老烈、牧惠、谢云、舒展、蓝翎、李汝伦、陈泽群、王大海等杂文宿将先后离我们而去。严秀、方成、章明、刘征、虞丹、周修睦、邵燕祥、黄一龙等前辈年逾耄耋之年；而依然活跃在创作一线的王春瑜、陈四益、李下、鄢烈山、王乾荣、李乔、阮直等，也已跨越退休年龄；即便是安立志、杨学武、张心阳、陆春祥等中坚力量，也过了知天命之年；年轻如刘洪波、徐迅雷、杨庆春、潘多拉诸位，其实也已年逾“不惑”。由此看来，杂文实实在在面临一个“传”与“承”的问题。“传”，是把前辈优秀的作品整理出来，传之后世；“承”，是通过我们的选编出版，让后人特别是今天的年轻人知道中国还有杂文这样一种古已有之并由鲁迅先生完善的独特文体，还有一群为之殚精竭力、焚膏继晷的辛勤作者，还有生生不息、佳作迭出的杂文作品。杂文之火不灭，乃是思想解放的灯塔不灭，“社会批评”、“文明批评”的优良传统不灭，中国知识分子的良知不灭。从这个意义上讲，选编这套丛书无论怎样繁难艰苦，都是值得的。

感谢金城出版社以足够的远见卓识和人文关怀接受并全力支持本丛书出版。说老实话，在这个把“物”与“利”作为万物尺度的世界上，并不是随便哪个出版家都有这样的眼光，都愿意为此承担可能的风险。不过我相信，本书即便不能成为出版商所期盼的“畅销书”，也完全有可能成为具有一定价值的“长销书”；本书的编者和出版者很快都会退出历史舞台，但这套丛书一定会留在时间深处，留在人们的记忆中。

不积跬步，无以至千里；不积小流，无以成江海。“社会主义文化大发展大繁荣”、“建设社会主义文化强国”，离不开实实在在的“小事”。毋宁说，“大发展大繁荣”恰恰有赖于“小作为”，选编这套丛书，庶几近之。

感谢所有入选本丛书的杂文作者，没有他们多年来的辛勤耕耘，中国的文化园地无疑会缺少一种冷静、理性的声音。他们是“雅典的牛虻”，是“中国的良心”，是值得关注和记住的一群。

2014年惊蛰于北京沙滩

从《国际歌》和《东方红》说起

这两支歌，我们唱了几十年。也许不是所有的人都想到过，我们唱的却是两个不同的观点：一个说“从来也没有什么救世主”，一个说，“他是人民大救星”。不是显然不同的观点吗?

《国际歌》的作者欧仁·鲍狄埃，巴黎公社社员，无产阶级的先进战士和诗人。这首列宁称之为“全世界无产阶级的歌”，充分体现觉醒了的工人阶级的先进思想：对自己肩负的创造新世界的伟大历史使命的自觉，团结战斗和自己解放自己的英雄气概。

《东方红》的作者农民诗人李有源，在他的颂歌里，表达了广大劳动人民对共产党及其领袖毛泽东的爱戴和崇敬。正如《国际歌》否定“救世主”、相信自己能够解放自己这个革命的民主观点有它的历史根源和社会条件一样，把领袖当做“救星”的观点，也有它的历史根源和社会条件。中国广大农民是小生产者，生产方式使他们互相隔离，共同的被剥削地位又使他们形成阶级。然而这是一个散漫的阶级。马克思曾经形容这种散漫性“好像一袋袋马铃薯是由袋中一个个马铃薯所集成的那样”。这个弱点，使他们往往不能“代表自己，一定要有别人来代表他们。他们的代表一定要同时是他们的主宰，是高高站在他们上面的权威，其表现就是不受限制的政府权力，并从上面赐给他们以雨水和阳光”。这个高高站在上面的权威的神圣化就是“救世主”、“大救星”。中国农民，只有在无产阶级及其先锋队共产党领导之下，才得到了真正的解放，他们对党有深厚的感情，并且把党的领袖毛泽东当做“大救星”，这是很自然的。然而，“大救星”的观点，是带着封建烙印的落后的小生产者农民观点，同《国际歌》的无产阶级的革命的民主观点截然不同。

马克思主义不否认伟大人物在历史上的作用。正如十一届三中全会公报指出：“毛泽东同志在长期革命斗争中立下的伟大功勋是不可磨灭的。如果没有他的卓越领导，没有毛泽东思想，中国革命有极大可能到现在还没有胜利，那样中国人民就还处在帝国主义、封建主义、官僚资本主义的反动统治之下，我们党就还在黑暗中苦斗。”《东方红》的另一句说得好：“他是我们的带路人”。应该说带路人，而不是“大救星”。认识到革命的带路人，是农民的觉悟，把带路人当做“大救星”，又表现了他们社会意识上的局限和落后。

中国人民都知道，“没有毛主席，就没有新中国”。但是这句话不能绝对化。我们同样可以说，没有党的其他领导者同毛泽东共同奋斗，也就没有新中国。这句话尤其不能迷信化。“每一个社会时代都需要自己的伟大人物，如果没有这样的人物，它就要创造出这样的人物来”。伟大的历史运动造就伟大的人物，而不是相反。如果把伟大人物当做天生的、不可代替的“几千年才出一个”的“救世主”、“大救星”，那就是迷信。

歪曲领袖的形象，实际上也就是歪曲人民的形象。神化的个人越是金光灿烂，人民的形象越是暗淡无光。现代迷信同中世纪的宗教迷信一样，把上帝说成是无限地超越于凡人之上，同时就将一种“认为自己有限、无力、一无所有的自卑感注入了人心”。这样，就会造成列宁曾经痛斥过的那种该诅咒的思想奴隶制！

“人民，只有人民，才是创造世界历史的动力”。毛泽东同志在他的著作里，多次用生动的语言说明了人民大众自己解放自己的伟大真理，也就是《国际歌》所表现的无产阶级的先进思想。不能设想，没有人民的觉醒和努力，革命有可能胜利。伟大人物的作用，正在于他代表了广大人民群众的利益和愿望，团结先进的人们，站在革命运动的前头指导这个运动。如果不是这样，伟大人物就不成其为伟大。

对劳动人民爱戴革命领袖的朴素的阶级感情应该尊重。对劳动人民歌颂领袖的诗情作科学分析，也许是多余的。然而，要是长久停留在朴素的阶级感情上，而不用马克思主义关于个人在历史上的作用、领袖和群众的正确关系、人民自己解放自己的观点去认真地教育群众和干部，不去批判农民小生产者的落后意识，而且终于把诗情变成迷信，这样，对于人民，对于社会主义事业，就会成为一种祸害。不加纠正，经过宣扬和扩张，错误的观点就会变成为历史的错误。事实不正是这样吗？

我们必须从头来做过去我们没有做好的工作：宣传马克思主义的历史唯物主义，宣传欧仁·鲍狄埃在他的不朽的歌曲里所宣传的无产阶级的先进思想。在个人的历史作用这个问题上，过去离开马克思主义的东西说得太多了，真理说得太少了。现在应该让真理大声疾呼，千百遍地说了再说！

1979 年 3 月

原载《读书》1980 年 9 月

讽刺的艺术

距今大约二千三百年前，孟尝君田文路过赵国，赵人久仰大名，空巷出而围观，都笑着说："始以薛公为魁然也，今视之乃眇小丈夫耳。"田文听了大怒，那班随从的食客立刻下车，"破砍磔杀数百人，遂灭一县而去"。笑，竟惹出一场大屠杀。可见，在专制时代，即使只是笑一笑，也是要万分小心的，尤其在权势者面前。若夫阿Q，谁有意无意触及他的癞疮疤，则骂一句娘，吐一口唾沫，或者竟只是怒目而视而已。为什么呢？因为阿Q并没有阔到封邑列郡、食客三千，除了破袄里数不清的吸血的虱子。话说回来，当其时也，赵国的愚民要不那么笑嚷嚷地评头品足，而是隆重地夹道欢迎（送），并且推出代表顿首致颂，恭维那个委实其貌不扬的贵客魁梧奇伟，龙姿凤质——而把他们的讥笑埋在骨子里。这样，那"眇小丈夫"一定高兴得不得了，说不定大家反而会得到一笔犒赏。当然那颂词必是很好的讽刺文章，那情节写成戏剧，必是很好的讽刺的喜剧，画成图画，必是很好的讽刺的漫画。可惜赵国的大众却过分老实，不懂得（或者一时忘记了）讽刺的艺术，而使孟尝君几乎成为完全的胜利者，真是“王者一怒，流血千里”，心里怀着极大的满足，躺在华丽的马车上，由奴才们簇拥着扬长而去；死人不会拦路鸣冤，活人不敢弯弓报怨，也不见冯欢之流出来提点意见。只有三百年后的司马迁用深冷的笔法记下这个悲剧，永远使人们知道这个徒有虚名的人物，尽管搭过许多架子，说过许多大话，从外貌到精神上，确实不过是个“眇小丈夫”，“特鸡鸣狗盗之雄耳”；千百年后，人们也永远知道，帮闲和帮凶们有怎样一种心肝，怎样一副嘴脸，怎样一些行径。直到现在，我们还是十分佩服司马迁，只那么几笔，就把大仁大义的孟尝君和麇集在他门下的英雄豪杰的灵魂，全给勾勒出来了。由此也可见，笑毕竟是杀戮不了的，由笑而产生的讽刺的艺术，也是杀戮不了的，如果它们的生命是真实。

然而，在专制到极端的时候，不但开怀的笑和直截了当的老实话，讽刺和讽刺的艺术也是被禁止的。以讽刺为特色的漫画，就被“四人帮”禁锢了十年之久。他们在艺苑里践踏和砍伐了许多花草，漫画就是被摧残得比较彻底的一种。原因何在呢？想来一是它总略带点夸张，把隐微的东西给放大了，让人们看得明白，这法子使鬼魅害怕；二是它总带着讥刺的笑，不免使假装正经的人们疑心而且恼火；三是摧残者们本来就是一些漫画式的暴发户、伪君子、假革命，例如骑着一张白卷上青天的小丑张铁生，那不就是一幅绝妙的活现的漫画吗？简直用不到再加一点点夸张；四是漫画不会拍马，做文章拍马的有，作诗演戏拍马的也有，却从不见漫画点头哈腰。正因为这样，江青爱拍照却不爱漫画，虽然漫画比照片更能替她写真；他们和漫画无缘，也从不搞什么革命的漫画样板。

然而讽刺的艺术、讽刺的漫画，可以被砍伐，却不会断根，正像生活中的笑、夸张和讽刺不会绝种一样，漫画又破土而出了，只是它好像滋长蔓延得迟，同其他复苏的花草比较起来，要冷清得多，没有那种严冬过后竞发争放的热闹气氛，春风何事不入漫画园？这可是园丁的过失了。

我们的敌人都是值得轻蔑的，同它作斗争并不总是需要庄皇的檄文，有时候，几笔漫画，就可以叫它当场出彩。我们新生活中那些落后的、愚昧的、阴暗的东西，也都是应该扫除的，同它作斗争，也并不总是需要长篇说教，有时候几笔漫画，就可以使人们会心一笑，脸上发热，有所警悟。

人民需要漫画，战斗需要漫画，现在漫画家却似乎并不勤奋。试看，在热火朝天的工地上，一个画画儿的却躲在树荫下，把画笔当枕头，呼呼大睡，笔尖长出蘑菇来了，小鸟正在他乱蓬蓬的艺术家的头发上做巢……

1978 年 8 月

及时说出真理的人

——不能忘却的纪念

一

何塞·马蒂说过，“及时说出真理的人统治一切。真理说得好，说得及时，就可以把敌人一阵烟似的化为乌有”。

然而这是诗人的梦。

现实往往是，说出真理——尤其是及时说出真理的最先遭殃，反而被“一阵烟似的化为乌有”。

现实是，统治一切的人才统治一切，其中包括“真理”。

二

有人说，在胜利前夕，在最后一场战斗中最后一个中了敌人的子弹倒下去的战士最为不幸，他的心情大概也最悲苦：只看了一眼黎明，便永远地闭上了眼睛。

不知道这里说的是不是实情。但是，我肯定地相信：在胜利之后，中了“自己人”的子弹倒下去的战士最为不幸，他的心情也一定最为悲苦。

三

在从容就义的时候，刘胡兰和张志新的心情是不同的吧：

一个面对的是她所憎恨和蔑视的敌人，一个面对的却是“无产阶级专政”。

史云峰以及在上海、在别的地方一样惨遭杀害的人，所想的一定也同张志新两样的吧。

假如没有被割断喉管，张志新最后的话大概不只是诉说冤枉；

然而，在粉碎“四人帮”之后仍然要被押上刑场，史云峰大呼冤枉！

听到了这声音没有？

这才是真正的悲愤难平啊！

四

在《斯大林时代》中，安娜 · 路易斯 · 斯特朗说过这样的话，大意是，革命需要牺牲，需要有战场和街垒上的牺牲，也需要有冤狱中的牺牲。从前只觉得她说得可怕，不近情理。

然而，看看新中国建立三十年了，我们还要回过头去平反这么多冤假错案。而且冤沉海底，至今未见天日的也不是没有。

斯特朗说的竟是实话，尽管这些话听起来是多么的冷酷!

五

我们所付出的，如同革命年代在战场上，在敌人的监狱中，那时所付出的一样，都是最英勇的战士，最优秀的儿女，国家和民族的精英。

在人民被压迫的年代和在人民胜利了的年代，人民都要作出同样的牺牲，难道这也是不可避免的?

六

江青和她的亲密战友们，曾经使中国变成最深的海底世界那样：高压、寒冷、黑暗、沉寂。适者生存，只有冷血动物在那里生活得最好。

因此，对“四人帮”的仇恨，是热血的中国人的做人的起码道德，当然也该是当干部的起码条件。

因此，陆定一在政协会议上谈到提拔干部问题的时候，他特别提出，应该提拔那些对“四人帮”有刻骨仇恨的人。

七

但是，把这个条件简单化也不行。

有些人对“四人帮”的仇恨，只是因为“四人帮”不只是把别人而且也把他自己罢官、关进牛棚或者当做批斗对象。

正因此，在 1976 年 10 月之后，许多冤案的昭雪仍然遇到很多阻力，也仍然有人在史云峰、王辛酉以及像他们那样及时说出真理的人的死刑判决书上画圈圈。

看，那些圈圈，那些画在死刑判决书上的圈圈，好像是放大的句号，标志着一个年轻生命的终结，也标志着法律、正义和良心在一个地方的终结。

那些死刑判决书上的圈圈，仿佛一些刚出土的秦墓武士俑的面孔，一些对生活表示极端冷漠的面孔。

如果，认为肃清现代迷信和封建势力同打倒“四人帮”那样容易，那就大错特错了。

八

在《绞刑架下的报告》中，尤利斯·伏契克回忆道：有一次盖世太保把他带到法西斯统治下的布拉格街头，他看到了阳光、生活、闹闹嚷嚷的人群，“像家兔一样活泼快乐，像家兔一样啊！”你可以随自己高兴从他们里面抓走一个，其余的会惊慌地退缩到一个角落去；但过不了一会儿，他们又会带着他们的忧虑和欢乐、生存的愿望，熙熙攘攘起来……

如果不也是这样，“全面专政”会延长到十年之久吗？

九

从前，有权决定一切的人一味要求坚持真理的人不怕粉身碎骨，却又不肯作出这样的决定：不要把这些人粉身碎骨。

我怀疑这是在给最优秀的人设置罗网。

可是，如果少数人作出这个决定，而你又当真相信这个决定，那么，你就是把一件沉重的东西去吊在一根不结实的绳子上。

我们需要的是一个独立的稳定的能够真正保障说出真理的自由权利的制度，少数服从多数的社会主义民主制度。

十

然而，在多数中间，如果还蔓延着“活泼快乐的家兔”精神，那么，民主制度是建立不起来的，建立起来也未必牢固的。

纪念在我们前面倒下去的那些及时说出真理的人，意义也就在这里吧。

1980 年 10 月

原载《民主与法制》

与王安石何干

“文化大革命”前上海出版的《宋诗一百首》，最近重版了。新版的《宋诗一百首》已删去了旧版王安石的七绝《元日》，即“总把新桃换旧符”那一首。为什么呢？一想，也就明白了。但是鄙意却很不以为然：眼前这本新书仿佛有了缺点似的。

历来诗人元日作诗的多矣。但似乎都不及王安石这一首，不落常套，有气魄，有新意，襟怀旷达，情调同我们的时代精神比较相近。旧版选了它，是有眼力的。这一回重版却把它删掉了。“四人帮”的张春桥株连宋朝的王荆公，虽似笑话，却是事实。真是：重版宋诗《元日》除，只因特务乱抄书；世上有人多戒律，地下诗人叹无辜。

这种不成文的戒律如果成立，对待被“四人帮”颂扬和引用过的古人及其作品，就大成问题。不弄清这个问题，在打破一些禁区之后，又会新圈出一些禁区来。据说，有的人就感到，现在有些历史人物不好谈，不敢谈。例如武则天、王安石，就好像他们真的和江青、张春桥有什么瓜葛似的。古人何辜，岂不冤哉枉也！

“四人帮”大搞古为帮用，随心所欲地伪造历史。所谓儒法斗争，从古到今，有多少人被戴上了帽子。贬为“儒家”的骂煞，封为“法家”的捧煞。现在要实事求是地对待某些所谓儒家，也要实事求是地对待某些所谓法家。因为第一，这些“法家”们都没有遗诏或遗嘱愿意加入“四人帮”。其二，被骗子们作招牌，不见得有幸。其三，被胡乱整容、歪裂、歪曲之苦，也并不下于“儒家”。如此种种，不加体察，反以为活该：谁叫“四人帮”看中了你！？因而加以除名甚至定罪，岂不冤哉枉也！

古为今用与“四人帮”的“古为帮用”界限在哪里呢？前者的指导思想是历史唯物主义，后者则是资产阶级实用主义。现在有些同志心有余悸，有所顾忌，寻根究底，恐怕还是个冒充历史唯物主义的实用主义在作怪。如果不清除林彪、“四人帮”搞的那套唯心主义、形而上学的余毒，对贯彻百花齐放、古为今用的方针是不利的。最近重新放映和演出黄梅戏《天仙配》，并没有因姚文元曾经赞扬过而受到株连，这样做不是就很好吗？

1978 年 10 月

原载《人民日报》

学术自由的代价

学术自由同政治民主一样多灾多难，常常被戴以各式各样既有虚名又有实祸的帽子，被用种种法子弄得无声无息。学术自由，究竟所值几何？如果破坏了它，要付出什么代价？“新人口论”问题给我们一个很大的启发。

20多年前，马寅初先生曾经大声疾呼：人口问题若不早为之图，后果严重。但是这一个为国家深谋远虑的正确意见，却被当做离经叛道的异端邪说，遭到了压倒优势的围剿。他老先生连北大校长的职位也丢了。从此以后，人口问题成了学术研究的禁区，只许谈人多热气高的优越性，其他都成了忌讳。理论上不许自由探讨，政策上不采取有效措施，人口增长在许多年中得不到合理的控制。20年来是与非，实践终于作出了公正的裁判。据估计，如果当年听了他老先生的话，早为之图，则我国现有人口可能在六七亿之间，而不是现在的10亿。在我国底子还很薄，经济和文化还很落后的情况下多了 3 亿人口——这就是扼杀了学术自由，仅其中人口问题一项所要付出并且已经付出的代价。

但是，在有些人眼里，民主于我如浮云，学术自由更是分文不值的。用他们的绝对正确的超级废话来说，没有这个东西“地球照样在转”。根据蒙昧主义的戒律，人们被容许的只是到“圣经”上去寻找现成答案。“学术”变成做礼拜，百家争鸣只剩下一句口号。像人口问题这样的教训难道还少吗？

最近，报载有关同志受党的委托上门拜访马老，向他表明以前对“新人口论”的批判错了，其实真理在他一边。这件事在学术史上值得大书特书。这是在付出了数不清的代价之后“赎买”回来的，我们要格外地珍惜它。

1979 年 9 月

原载《民主与法制》

“贞观之治”讲得太多了

1957年，有人写文章赞扬魏征敢于直言、唐太宗善于纳谏，触犯了忌讳，后来都变成了右派言论。近一二年来，因为发扬民主了，唐太宗、魏征成了风流人物，报刊上有关“贞观之治”之类的文章，多得不可胜数。诚然，古人可以借鉴，现代的某些“无产阶级革命家”，其雅量有时不及封建时代比较开明的君主，也确是事实，因而以古讽今，也确实有点好处。但是关于这些说得太多了，也要提防产生副作用：第一，不要使人忘记了时代；第二，不要使人误以为国家兴亡、政治清浊，只系于伟大人物一身，人民只是消极的观众；第三，更不要使人误以为民主与否，只是取决于领导者是否贤明。

社会主义民主的建设过去出了问题，甚至出现了专制主义的复辟，其根本原因之一就是封建传统在作怪：只相信“救世主”而不相信人民群众；把民主只当做领导者的作风问题而不去致力于民主的制度化、法律化。现在做文章的人在“古为今用”的时候，可千万不要忘记，要有助于肃清这个封建传统的流毒而不是相反。从这个意义上说，我认为“贞观之治”之类讲得太多了。

1979 年 12 月

原载《民主与法制》

鼻子和历史

法国历史学家圣博甫说，一个重大历史事件的形成，往往由于“许多细小的暧昧的不可捉摸的原因”，并且举例为证：假如古代埃及女王克留帕特拉的鼻子生得矮一点，“历史的进程也许会成为完全另一种样子”。

古罗马有过这么一段史实：大将安东尼迷恋埃及女王克留帕特拉，因而引起内战，其后导致恺撒的养子屋大维做了神圣罗马帝国的皇帝，从而开始了一个新的历史时期。假如克留帕特拉的鼻子生得矮一点，有那么一个缺点，不是一个容貌几乎十全十美的令人着迷的美人儿，也许安东尼不会发昏，也许胜利者不是屋大维，罗马的历史也就不是现在这么写了。由此可见，在考察某个历史巨变的时候不可忘记许许多多的原因，其中包括某个女人的鼻子或者某个男人的好色。

这些原因确实细小、暧昧，然而决不是“不可捉摸”。假如克留帕特拉不是女王，只是一个厨娘，则不论鼻子长得如何美丽，也一定不会有倾国倾城的价值；又假如迷恋克留帕特拉的不是统帅安东尼，只是一个马车夫，那又怎么样呢？其结局大概不过在当时社会上多了一桩宫闱秘闻，决不至于闹到流血千里、伏尸百万。

鲁迅写过一篇《阿金》。旧上海普通人家的一个女仆阿金，曾经使鲁迅发生过很大的感慨。他说：“我一向不相信昭君出塞会安汉，木兰从军就可以保隋；也不信妲己亡殷，西施沼吴，杨妃乱唐那些古老话。——殊不料现在阿金却以一个貌不出众，才不惊人的娘姨，不用一个月，就在我眼前搅乱了四分之一里，假使她是一个女王，或者是皇后，皇太后，那么，其影响也就可以推见了：足够闹出大大的乱子来。”

可见，真正重要的还是阿金和克留帕特拉的地位。

还可以“捉摸”一下：假如克留帕特拉不是生在奴隶制度的时代，而不过是现代君主立宪制的资本主义国家的并不握有独断大权的女王，卷入这纠纷的不是拥有一支唯命是从的军队的贵族首领安东尼而是美国将军巴顿，结局又怎样呢？麻烦也许有，但这种麻烦无疑地也不至于影响到历史的进程。

仔细观察中外古今历史，个人因其性格以至品貌某种特点而影响到社会，这种影响有时很大，但这种影响发生的可能及其范围，却依当时社会制度的性质来决定。个人特点以及别的“细小的暧昧的不可捉摸的原因”，只有在社会关系所容许的哪个地方、时候和程度内，才能成为历史发展的因素。克留帕特拉的鼻子，只有在一定社会条件下并且当其占有一定社会地位的时候，才可能牵涉到历史的命运。

以上云云，其实是唯物史观的常识。但是，理论上似乎容易通达，实事一到眼前，却也往往容易忘记。一个本来只配搅乱四分之一里的角色却搅乱了全中国，正是因为同旧制度相仿佛的社会条件给她提供了表演这出活剧的舞台。然而人们有时却颠倒了原因和结果。人们常常责备某些给我们的事业造成祸害的个别人物，个别人物的品德、作风和行为，却很少从社会原因上去寻根究底。只见鼻子，不及其余。用哲学语言来说，就是只见偶然，不见必然。而从社会原因上去寻根究底，找出"必然"，却反而要冒被指责为"丑化社会主义制度"的风险。

这种指责，其实是一种偏见和误解。

社会主义制度并非有生之日就像克留帕特拉的芳容那样不可增减一分。第一，它是经过不断实践、不断完善和健全起来的；第二，它总要建立在某一个旧的基地上，在一定时期内和一定程度上，总不免带着旧事物、旧思想的污染。从人类比较明白地提出社会主义理想到恩格斯写《社会主义从空想到科学的发展》，这中间就经历了几百年；在恩格斯以后，社会主义至今又走过多少曲折的道路？某些"细小的暧昧的原因"曾经寄生在我们新社会的旧病灶上并且发生过影响历史命运的作用，并非不可捉摸，不可理解。而如果不去彻底理解它并且切实地采取对策，则意外的袭击仍可以多到无穷无尽。

生机旺盛的人决不讳疾忌医。医生也只是对患有不可救药的绝症的病人才隐瞒病情的。把眼睛从鼻子上移开去，敢于正视社会弊病并且努力加以改革，这才正是社会主义制度有强大生命力的证明。

1980 年 6 月

原载《民主与法制》

历史的偶然性

必然性和偶然性问题，曾经是历史上一个斯芬克斯之谜，纠缠不清。马克思主义才开始科学地说清楚了这个问题。社会历史有其发展的必然性。而这种必然性又只能通过偶然性表现出来。马克思援引爱尔维修的话说："每个社会时代都需要有自己的伟大人物，如果没有这样的人物，它就要创造出这样的人物来。"社会时代的需要是一种必然性，因之而出现的这一个或那一个伟大人物，则是一种偶然性。恩格斯说得更明白了：

"这里我们就来谈谈所谓伟大人物问题，恰巧某个伟大人物在一定时间出现于某一国家，这当然纯粹是一种偶然现象。但是，如果把这个人除掉，那时就会需要有另外一个人来替代他，并且这个替代是会出现的，——或好或坏，但随着时间的推移总是会出现的。恰巧拿破仑这个科西加岛人做了被战争弄得精疲力竭的法兰西共和国所需要的军事独裁者，——这是个偶然现象。但是，假如不曾有拿破仑这个人，那末他的角色是会由另一个人来扮演的。这点可以由下面事实来证明：即每当需要有这样一个的时候，他就会出现：如恺撒、奥古斯都、克伦威尔等等。”（《马克思恩格斯选集》第4卷第506—507页）

这里所说的，是否也适用于无产阶级革命的伟大领袖？当然也适用。就在这里，恩格斯接下去以他的伟大战友马克思为例，进一步论证必然性和偶然性这个历史哲学的基本原理。他说，历史唯物主义是由马克思发现了，而在这以前，有些历史学家已经在探索这个理论，摩尔根几乎是和马克思同时地发现了这个理论，这就说明，“时机已经成熟，这个发现是必定要作出的了”。如果没有马克思，就一定会有另一个来担当这个任务，也许这个人没有马克思做得那么出色，但这个历史任务是必然会有人来完成的。

先前有许多历史学家，常常为大量的历史偶然现象所困惑，好像那里是一片无法通过的沼泽地。有的历史学家把偶然性当做历史发展的必然原因。法国历史学家圣博甫说，古埃及女王克留帕特拉的鼻子如果生得矮一点，罗马帝国的历史就不是现在这个样子；咱们中国史家，也常有西施沼吴、杨妃乱唐之类的说法，把天下兴亡，国事清浊，系之于某个君主甚至某一个后妃身上。历史唯物主义当然不否认偶然性的历史作用，但更重要的是透过偶然去发现必然的规律。

说伟大人物特别是无产阶级的伟大领袖的出现，是一种历史的偶然性，是不是因此就贬低了这个伟大人物的历史作用，缩小了他的伟大呢？马克思说：

“如果‘偶然性’不起任何作用的话，那末，世界历史就会带有非常神秘的性质。这些偶然性本身自然纳入总的发展过程中，并且由其他偶然性所补偿。但是发展的加速和延缓在很大程度上是取决于这些偶然性的，其中也包括一开始就站在运动最前面的人的性格这样一种‘偶然情况’。”（《马克思恩格斯选集》第4卷第393页）

任何伟大人物，都是一种相对于历史必然性的偶然情况。历史有时候比之时事更能唤起人们的激情，但是研究历史却需要科学家在实验室里的那种冷静。冷静地、深刻地去考察历史，就可以看到：

第一，只有在需要伟大人物出现的时候和地方，只有在具有伟大人物发挥其才能的客观情势的时候和地方，才可能有伟大人物出现。任何一个对社会历史有巨大影响的人物，都是一定社会时代的产物。假如不是生当秦末乱世，刘邦也许终其生不过是个默默无闻的亭长。史称李广才气，天下无双，然而平生不得意，汉文帝曾经对他说：“惜乎！子不遇时！如令子当高帝时，万户侯岂足道哉。”有人说时势造英雄，就是这个道理。

第二，伟大人物影响历史，他能够而且也只能够改变历史事变的外貌，加速或延缓历史的进程，但是他决不可能改变历史发展的总的趋势。资产阶级革命产生了拿破仑。拿破仑乘着这个革命的潮流曾经席卷欧洲，但是当他野心扩张，违背历史潮流时，就被时代的浪潮抛到圣赫勒拿岛上去了。任何不可一世的英雄都违拗不过历史的趋势，同这种趋势相比，他不过是大海上一叶扁舟。

第三，伟大人物（有时也包括那些并不伟大的人物）因其才能、意志、性格种种特点而影响到历史的命运，这种影响有时甚至是很大的，但是这种影响的程度及其范围，都要依当时社会制度的性质，各种社会力量的对比，以及他们占有的社会地位来决定。个人因素只有在社会性质和社会关系所容许的那个地方，那个时候和那种程度内，才可能成为历史发展的因素。克留帕特拉如果不是女王，那么不论她的鼻子生得如何十全十美，也决不会有倾国倾城的价值；迷恋克留帕特拉的如果不是罗马大将安东尼而是一个马车夫，也决不会因此闹到流血千里，伏尸百万，以至影响罗马帝国的命运。在我们中国古代或者新近的历史上，也曾有过本来只配“搅乱四分之一里”的阿金那样的角色却搅乱了全中国，不也正是因为种种历史条件“容许”了她，给她提供了“可能”吗？

第四，伟大人物所处时代的社会性质和历史条件，对于他是一种既定的必然性，这种必然性一定会在他身上曲折地反射出来。任何伟大人物，都不免带着时代的烙印和局限。越是不承认这种局限的人物，在他身上，他的思想和行为，越是表现出这种局限；越是自觉承认这种局限的人，反而有更多的自由。

第五，所谓伟大人物，是指能够对历史的进程发生重大影响的人物。但是为了做到这一点，首先要有这样一个条件，即是他所具备的才能和信念应当比别人更加适合那个时代的社会需要，那个历史运动的需要。春秋时代，诸侯争霸，以强凌弱，以众暴寡，孔子的政治理想主义是不合时宜的，尽管他仆仆风尘，坐着牛车在崎岖不平的道路上到处奔波，但终其生在政治上无所作为。苏秦、张仪生当战国，他们的外交才干到处都有愿出高价的买主，因此封侯拜相，显赫一时，几至于一言兴邦，一言丧邦。

历史是人民群众创造的，但决不是随心所欲地创造。真正的堪称伟大的人物，就是站在历史运动前面的人物，就是最适合历史必然性的需要并且最能加速这种必然性的实现的人物。普列汉诺夫说得好："伟大人物确实是创始人，因为他的见识要比别人更远些，他的愿望要比别人更强些。""他是个英雄，其所以是个英雄，并不是说他能阻止或改变事物的必然进程，而是说他的活动是这个必然和不自觉进程的自觉的和自由的表现。他的全部作用就在于此，他的全部力量就在于此。但这是一种莫大的作用，是一种极大的力量。"（《论个人在历史上的作用问题》第 38 页）

这是对伟大人物的很高的也很准确的评价。可是，这里也同时阐明，伟大人物决不是天降救星，不是独一无二不可代替的天之骄子，不是无所不能可以任意作为的神圣。伟大人物受着历史必然性的制约，他们本身就是作为这种必然性的一个表现形式而走上历史舞台的。他们不能随心所欲超越时代的限制，不能独断专行同社会需要相拂逆。如果他们不承认这一点，不服从这一点，那么他们的努力终将化为乌有。古代迦太基名将汉尼拔，同罗马打了几十年仗，所向披靡，罗马将帅同这位巨人相比不过是侏儒，但是罗马城墙一块砖头也未动摇过，汉尼拔却已饮恨败亡。为什么呢？因为那时候罗马奴隶制度正处在上升时期，并且这个帝国仍有相当强大的生命力。东汉末年时论称“伏龙凤雏得一可以安天下”，然而伏龙先生鞠躬尽瘁，终不能改变蜀汉灭亡的命运。这里当然也有魏强蜀弱、阿斗庸懦等等因素，但根本的原因在于当时社会的发展需要一个统一的国家，而且这种统一的条件那时已经成熟了，偏安一隅的割据再也不能维持下去了。诸葛亮在《出师表》中说，伐之亦亡，不伐也亡，与其坐而待亡，不如伐之冀其不亡。意气何其低沉！难道不是已经看清这个无可挽回的大势吗？

无产阶级革命运动比之历史上任何一个革命运动更能造就伟大人物，更能使先前所没有发挥过的伟大才智发挥出来。正如列宁所说，无产阶级革命所以伟大，正在于它有这种造就一批批的献身于革命的伟大人物的“无尽的泉源”。

新中国的诞生，是二十世纪中国内外社会矛盾产生的中国人民伟大革命运动的直接结果，它带着历史必然性。这个革命运动需要有许多伟大人物，它果然也造就了许多伟大人物，毛泽东就是其中杰出的一个。毛泽东成为中国革命的领袖，正是因为他的智慧、才能以及他的积极活动，最适合中国人民革命运动的需要。而这些偶然因素，一经成为历史必然的“自觉而自由的表现”，就发生极大的作用。毛泽东的正确领导大大地促进了中国革命的进程，他的伟大作用就在这里。

把伟大人物出现的偶然性“提升”为必然性，是不能为伟大的马克思主义者增添光辉的。因为第一，这个观点直接违背了马克思主义，它会使我们陷入历史宿命论或历史神秘主义；第二，这样反而贬低了伟大领袖的历史主动性，拉开了他同群众和战友的距离；第三，它会成为个人崇拜的理论根据。个人崇拜的形成当然有别的许多原因，但不能坚持历史唯物主义去评价个人的历史地位和作用，也是一个重要的原因。

以上说的，当然只是历史唯物主义的常识。但是，在过去许多年中，由于种种原因，一接触到某个具体问题，有些人就甚至把常识也丢掉了。在共产党领导的、马克思主义占统治地位的国家里，讲马克思主义却曾经不得不有所忌讳，这实在是一个悲剧。艾思奇同志 1953 年在中央党校讲哲学，讲到必然与偶然时，举例说：毛主席成为中国人民领袖是个偶然。这就引起“不满”、“抗议”直至被认为犯了所谓“原则性错误”。他只是讲了一个历史唯物主义的基本原理，就受到如此之非难。这难道不是个不正常现象吗?

1982 年

原载《社会科学》月刊

舆论异化的克服

7 月 24 日《人民日报》第一版发表读者来信说，“渤海二号”翻沉这样少见的严重事故的报道“却在事故发生后八个月，这在世界新闻史上也可能是罕见的”。诚然如此。不过，我又想，我们可别把“新闻史”想象得太好了。久远的、外国的不去说，就说我们人民共和国里的，比之翻船性质上要严重得多的事情，在死者的坟墓（如果有他们的坟墓的话）已经狐兔出没，活人的记忆也已经淡漠到快要消失的时候，那事情还在“调查”、“研究”、“讨论”和“准备处理”，或者简直就在不闻不问之中，未见之新闻报道——这样的事情可有的是呢！“事后八个月”终于能够在石头缝里冒出芽儿来，还算是万幸。随手举一个例子吧：1979 年 10 月 21 日深夜，范熊熊抱着满腔悲愤跳进波涛汹涌的大海，见之于报道是 1980 年 7 月 5 日。报道还说，浙江省委“最近对此案进行了调查，并将给主要负责人以纪律处分”云云。时间也是八个月之后，还在

“调查”，还“将”怎样怎样。我们这个背负着封建因袭重担的祖国，走路就是这样子慢吞吞。有什么办法呢？

办法当然是有的。办法之一就是用舆论来促它一下。范熊熊案就因为舆论促了一下，沉冤终于大白；昔阳这个“先进典型”因为舆论轰了一下，骗局终于揭穿。这一回“渤二”事件，舆论哗然，石油部才不得不做出比较像样的检查来。国务院果断地作出整肃政纪的处理，大快人心，不能说和舆论的促进无关。群众当然有理由要求这种舆论更加及时，但是回顾一下我们的并不十分光彩的“新闻史”，现在，即使迟了八个月，也还应该说是好事。

时下中外哲学家们正在研究一个概念：“异化”。何谓异化？简单地说就是，人们创造出来的东西反而成了人们自己无法控制的异己力量，反而支配了人们自己。这种异化现象，在我们的现实生活中，不是多得很吗？人民赋予权力的公仆反而成为骑在人民头上的老爷，就是一种异化。人民的舆论工具不替人民说话，反而教训主人如何听从自己的仆人的摆布，也是一种异化。二十几年间，几乎可以写一部“人民舆论异化史”。在结束了梁效、罗思鼎之流及其主子的主子的十年统治之后，我们才开始见到了这种异化的克服——人民又重新开始支配本来该由自己支配的舆论了。如这一回“渤二”事件所见到的，人民的舆论并且开始显示出很大的权威。有了人民舆论的权威，民主和法制将更有保证，某些“老爷”也会比较自觉地渐渐回到公仆的位置上来，现代化事业的成功也将更有把握。人民群众正是因此而欢欣鼓舞。

然而，人民舆论的异化并非一朝一夕，它的克服大概也不会那么顺当的，但愿不再有一个过于曲折而且缓慢的过程。过去浪费的时间实在太多了，现在，同志，难道不可以跑得更快一点吗？

1980 年 8 月

原载《民主与法制》

防止公仆变“私仆”

前些时候，在报上看到一篇文章，作者说到有一天去看演出，原定演出时间已到，可就是不开幕，环顾剧场几乎满座，只有前排若干座位虚席以待，显然是在恭候某些负责同志的光临。这一等，一千多观众竟等了半个多小时。

说实在话，这样的事情，并不值得大惊小怪。在我们的现实生活里，诸如此类的事情可多得很哪！当然，也有不寻常的是，据说那位被恭候了那么久的领导同志，后来在一次全市性的干部会上检讨了自己“事先没有想到会等到他到了才开演”的疏忽。这位严于律己的领导同志，倒是值得尊敬的。

然而，那位领导同志的“错”，充其量也不过是迟到，就像我们中间任何一个人因为意料不到的缘故没有准时进入剧场而已。问题是在那些有权决定什么时候开演的人，当一千多观众一分钟一分钟地等下去的时候，他们怎样想？也许为自己的做法感到不安，但不知道有没有为这种做法觉得可耻？而在观众席里“愤愤”的同志，是埋怨虚席等待着的那些领导呢，还是埋怨那些一定要等到领导光临才肯开演的主持人？我看该埋怨的是后者，他们正是特权的默认者和维护者，不管他们能够说出多么冠冕的理由。

常常听到人们谴责领导的特权。确实也有一种骄纵的视特权为当然权利的领导者该受谴责。但是，有时候，对有些领导者的这种谴责却是有点冤枉的。在很多部门里，总是不缺少那么一类干部，好像他们自己有一个任务，就是挖空心思，千方百计地为领导人搞特殊化，衣食住行包括看戏这一类事情，总要在领导同群众之间划出一条鸿沟来，逢上所好，加重其过失；或者竟是瞒上欺下，“陷君子于不义”。奉上官如尊神，视百姓如草芥。在这些地方，可以看到腐朽而又异常顽固的旧习气和旧势力。前些时候报上报道过，某个干部有句名言：“只要上级信得过，群众意见顶个屁！”嗟乎，此公仆之言耶？抑“私仆”之言耶？

共产主义创始人早就警告过，无产阶级在建立了自己的国家政权以后，要切实采取措施，防止国家机关的工作人员从社会公仆变为社会的主人。历史证明，这个警告极有远见。在我们这个君臣关系、主奴关系、人身依附关系等等封建传统非常深厚的国家里，无产阶级的确还要努力防止社会的公仆变为“私仆”这样的一种情况。对领导同志来说，重要的是不要以“主人”自居或者防止被捧为“主人”，否则，“仆人”就像苍蝇一样孳生出来了。前些时候，报上发表周恩来同志防止人们为他搞特殊化，真是明如清水，一丝不苟。他请求县委同志不要把他的故居作为纪念馆，他说，这个请求，“无论如何，要求你们答应，否则，我将不断写信请求，直到你们答应为止”。肺腑之言，真是感人，这才真正是社会公仆的高风亮节！《诗》有之：“高山仰止，景行行止，虽不能至，然心向往之。”但不知那些忘记了自己应该是社会公仆却反而心安理得地做着社会主人以及做着这等主人的仆人的同志们，作何感想？

1980 年 9 月

原载《羊城晚报》

评部长的“标准答案”

把部长召到人民代表大会上来质询，三十年来还是第一次。先前，人民代表好像都是规规矩矩的“歌德派”，只有听报告、举手和鼓掌以及高呼万岁的资格，却似乎没有质询自己的公仆的权利，现在有了，说明民主在进步。

然而，在我们这个历史悠久的国家里，民主却仍然是一股十分新鲜的风，扑面吹来，坐惯了暖烘烘的衙门的人，是不大适应的，开始的时候可能还要生点“不适应症”。这次冶金部的部长们回答关于宝钢问题的质询，用的竟是“标准答案”，正就是一种小小的“不适应症”。

何以见得是“标准答案”呢？九月四日，唐克部长回答人大代表的质询之后，代表们批评说：“对提出的问题总是没有回答，有的说得不清楚，特别是讲得不充分、不深刻，有点轻描淡写，听起来好像‘评功摆好’。”以上还要算是说得客气的。还有是：“文过饰非，自我表功”，“只谈现象，不谈真相”，“遮遮盖盖”……这些评语，正好道破了人们一向用惯了的例行公文式的“标准答案”的弊病。

九月八日，冶金部副部长等人又到政协回答委员们的质询。首先是“照本宣读了冶金部答复人大质询的材料”，也即是唐克部长说过的那些。你问你的，我讲我的，“对许多大家共同关心的重要问题则只字未提”。接着李、周二位副部长的答话，也“基本上是重复那个说明材料”，对有些问题仍是“王顾左右而言他”，不说直话，只在那里绕弯子，始终不肯跳出部长那个“答案”的框框。

总之，部长们对质询的回答，确实是个“似乎事先统一了口径”的“标准答案”。“标准答案”见之于官方文书，则大模大样，从容有余；用来应付当堂口试，则不免要被戳出许多漏洞来，例如部长说，“投资十三年内可以收回”，代表问，利息呢？如算利息，每年上缴利息尚且不够，本钱如何收回？如此等等，窘态毕露。不过，万事开头难，且慢要求过高，随着民主制度的日渐健全和实行，人们一定也会日渐习惯和适应起来。今后公仆回答主人的质询，大概不会再用“事先统一了口径”的“标准答案”来搪塞吧？

1980年10月

原载《民主与法制》

“不求无过，但求有功”不宜提倡

现在，确实有这样一些干部，浸染着一种因循守旧、无所作为的官僚习气，常以“没犯过错误”、“人家抓不到我的辫子”而沾沾自喜。群众看着焦急、担心，如果让这样一些人长期占着位置而又不好好办事，“四化”会变成为一句空话。8 月 12 日《人民日报》第五版温立平同志的思想评论《提倡“不求无过，但求有功”》，对此痛加针砭，读了颇有同感。但是，也觉得另有一些话需要说一说。

把“不求有功，但求无过”颠倒过来，对于有上述那种精神状态的同志，诚然是对症下药。但是，颠倒过来之后成为“不求无过，但求有功”，却有点矫枉过正，似乎不宜提倡。因为一加“提倡”，人们可能把它当成一个正确的口号，而这对于具有另一种精神状态的同志，可能要像开错了药方，比如腹泻给吃了大黄，反而会恶化病情。何况这一部分人为数并不很少，在有些地方，他们仍在那里发号施令，群众看着也是焦急、痛心、提心吊胆的。如果他们的病不治好，其害尤甚于前者。最近报上揭发的山西省昔阳县那个劳民伤财的“西水东调”工程，石油部海洋石油勘探局“渤海二号”钻井船翻沉事件，就是这号人办事的典型。如果这等事有增无减，此风长而不煞，我们的现代化事业，同样会被断送。

长期以来，在“左”的思潮影响下，有些人片面强调主观能动性的“决定作用”，好大喜功，一意孤行，只凭长官意志，不顾客观条件，只讲需要，不讲可能，盲目蛮干，蔑视科学。他们滥用权力，不顾民生，不计得失，动不动“全力以赴”，驱赶群众去干那些他们决意要办而又办不到的蠢事。而在浪费了那么多人力，糟蹋了那么多财富，耽误了那么多时间之后，他们又仍然是那么心安理得，趾高气扬。他们可以用“阶级斗争”这个一抓就灵的法宝来压制批评；可以隐瞒罪过，谎报功绩（如昔阳县五年中谎报粮食产量两亿七千多万斤）；还可以把自己造成的灾祸当做英雄业绩来吹嘘，坏事变成“好事”，（如石油部竟然要求命名“渤海二号”钻井队为“英雄船队”！）他们还可以讲出许许多多的“大道理”来管住别人的小道理，什么前进中的缺点、正在克服中的困难啦，成绩和错误永远是九个指头和一个指头啦，交了学费学到经验啦，要算政治账啦，搞社会主义就要有牺牲啦，等等，等等。人民群众在那里承担灾难，啃着苦果，椎心泣血，他们却在那里滔滔不绝地大讲其豪言壮语。

从 1958 年搞“浮夸风”、“共产风”以来，这种脚不着地、好大喜功的作风和制造灾难的唯意志论，一直谬种流传，从未绝迹。

在工矿里，盲目追求高指标、高速度，大轰大嗡，大进大退，反复折腾；搞基本建设，一拥而上，轻率上马，建成了的工程缺胳膊短腿，不能投入生产，只好搁在那里日晒雨淋。在农村，不是因地制宜，扬长避短，而是热衷于平山填海，搞什么小平原、人造湖，把“愚公移山”神话当做实事来办，老百姓一年到头忙于黄土搬家，收效极少，而且破坏了生态平衡，贻害子孙后代。

他们在这么干的时候，无可怀疑，确实是“不求无过”的——不惜代价，不计血本，不讲科学，不顾一切，碰得头破血流也不转弯。无可怀疑，也确实是“但求有功”的——所谓“大干快上”，如石油部那位副部长说的“猛打猛冲”。只是这种“功”十有七八是骇人的赔本生意。这种生意做得越大，人民和国家越是遭殃！

温立平同志提倡“不求无过，但求有功”本意当然不是这样，他是针对那一类惰性十足的干部说的，意在给一剂猛药，促使顽夫廉，懦夫立。但是，一个“不求”，一个“但求”，语言未免失之偏颇，也正中了那些“左”倾狂热病甚深、一向正是“不求无过，但求有功”的人们的下怀。正确的东西可以被歪曲了利用，何况是一个不大妥当的口号呢？它无助于肃清经济建设中的极“左”流毒，这就是我不赞成提倡的缘故。

在建设社会主义现代化国家这个伟大事业中，应该敢想敢做，勇于探索，勇于改革，需要有宏伟的气魄，敢于为人民建功立业。但是不管有怎样良好的愿望，总不能超越客观条件所容许的限度去办事情。条件可以创造，但没有创造出来以前就不能“没有条件也要上”。不能“但求有功”，一定要从实际出发，量力而行。要办的、该办的事情当然很多，但是应该统筹兼顾，有主有次，有缓有急，有取有舍。同时，一定不能违背客观规律，要讲科学，讲效果，讲得失。“不求无过”是不对的。应该十分珍惜人民的力量和财富，事事预先研究其可行性，择优从事，得不偿失的事情一定不要做。力求无过或者少过，努力做赚钱生意，这才是实实在在地为人民建功立业。

创业艰难，在发展的时候，改革的时候，由于认识和经验的限制，碰到难以预料的情况或者无法控制的灾害，犯一些错误，付一些代价，有时确实难免。遇到一点挫折就失魂落魄，灰心丧气，或者是为了“但求无过”而缩着脖子什么都不干了，是十足的庸人，尽可以嗤之以鼻。但是，不可以总是用“难免论”来宽容自己。根据 30 年来的经验，不搞独断专行的家长制，多讲点民主，不搞精神万能论和唯意志论，多讲点科学，弯路是可以少走，代价是可以少付的。1958 年刮“浮夸风”、“共产风”的时候，不是没有人敲警钟，然而却来个“反右倾”，把提意见的嘴巴给封住了。要不是这样，这股风也不至于越刮越大，一发不可收拾，造成那么严重的后果。昔阳县那个“西水东调”工程准备上马的时候，“渤海二号”翻沉之前，也不是没有人提出异议和忠告，但是对于某些好大喜功、独断专行的领导人，犹如春风吹马耳。他们不断地拿人民的生命财产“交学费”，却总没有学到一点科学知识和实事求是的精神。不幸的是这样的人从前有，现在仍然有，不只是昔阳县和石油部有，别的地方和部门也有。

但愿脚不着地、好大喜功的作风和制造灾难的唯意志论早日绝迹，大家都抓紧学会实事求是和按科学办事，那么，社会主义现代化，才不会由于不断走弯路而成为总是走不到目的地。

原载《解放日报》

我们还不能放心

从前，有人说，如果要杀人，最好去做刽子手：第一，对方不会抵抗；第二，自己绝对安全。但这已是落后于新形势的老办法了。在二十世纪六七十年代的中国，如果要杀人，最稳妥的办法则不再是去做职位卑微的刽子手了；如果还要放火、抢劫，也无须去做风险甚大的绿林好汉。另有一个“比梦想还要美满”的，是靠“造反”起家：第一，对方同样不会抵抗；第二，自己同样绝对安全；第三，还有一种刽子手或绿林好汉都不可能具有的优越性，即因此升官发财，光耀门庭，荫及家人亲属。要是进一步讨得“中央首长”的欢心，还可以迁升京官。运气再好一点，说不定还有希望跻身于一人之下，万人之上，成为法定的储君呢！总之，前程无量，妙不可言。

胡永年就是这号先进人物中的一个。

然而现在，胡永年却不得不站在人民的法庭上，并且被判处死刑，缓期执行，受到了应有的惩处。这个事实却又说明，靠“造反”起家也不是绝对的保险。不过，这是因为形势出人意料地变了，不能怪那些英雄们没有眼力，错投了门路。要是没有变，咱们国家仍是那个“不是小好，而是大好”并且“越来越好”的“革命形势”，则胡永年等辈及其主子，就不是低头听候人民审判而是整天忙于审判人民了。只要他们高兴，仍然随时可以用电线鞭子抽人，用香烟头烫人，用拳头批判和用棍棒进行再教育，而人们除了默默忍受或者下决心跳楼之外，好像“无产阶级”没有恩赐给别的更好的出路。

形势终于变了！对于那些靠“造反”起家的英雄们，诚然是极大的不幸。

人们终于从江青的“全面专政”之下解放出来了！时来运转，总可以放心地睡觉了吧？不，我们现在还不能放心。胡永年在看守所中写密信给同伙打气说：“天会亮的，请放心吧！”血的经验告诉我们，这伙人的“天亮”，其实是伸手不见五指的黑夜；他们“放心”了，我们就得提心吊胆。前些时候，在北京，有位政协委员在大会上提醒大家说，一些“‘文化大革命’中靠打人整人升官的人还在台上，他们现在装成两面派”。上海这个“老根据地”，这样的人会少吗？都已经放下屠刀立地成佛了，还是仍在那里“念念不忘阶级斗争”？有一点是可以肯定的，这些从前据说喜欢直来直去的英雄们，其实都是一些特别擅长装两面派的乖巧人物，具有看风转舵的天才。如果人们以为太平盛世，狼都变成羊了，让他们扎根串联，重新拉帮结派，在一些地区一些部门骗取信任，窃据领导岗位，则后果是不堪设想的。如果麻痹大意，过早地放心了，那些卑劣而又凶险的好汉，极有可能又突然露出真相，冒出地面，那时候，他们一定会双倍地对我们采取我们已经领教过的那些“革命行动”。这一点是毫无疑义的，这些话，决不是危言耸听。

我们还不能放心。现在还不是我们可以放心的时候！

1980 年 10 月

原载《新民晚报》

江青和历史

江青在人民法庭上被判处死刑，缓期二年执行，可以说是从天上掉了下来，落到地上最脏的地方去了。回想“文化大革命”时期，这位“首长”在天安门城楼上搔首弄姿，叱咤风云，打一个喷嚏，全体中国人都得感冒，固一世之雄也，而今安在哉？人们也总是禁不住要想，这个品质极其下作的女人，貌不惊人，才不出众，竟然能在现代中国历史上扮演一个如此吞云吐雾的大角色，给一个拥有十亿人口的民族造成十年的空前大浩劫，大大推迟了历史的进程，不能不令人扼腕痛恨而又不胜惊奇。久经患难的中国人民，久经战斗的中国共产党，为什么会遭受这么一次损失惨重的“意外”袭击，正需要我们认真地来研究和探索，实实在在地寻根究底总结历史教训。

普列哈诺夫的《论个人在历史上的作用》，是一部光彩夺目的著作，每读一遍，都可以得到一点新的启示。普列哈诺夫在书中有这么一段话说：为了使某一个拥有某种才能的人能运用他的这种才能对历史的进程发生重大影响，必须具备两个条件：一、他的才能适应社会需要；二、社会制度容许他施展这种才能。为了证实普列哈诺夫的这些话，中外古今，都可以容易地举出一些实例来。然而，拿这些话来对照一下江青，却好像全都对不上号。

江青所拥有的那一点不登大雅之堂的本事，如果可以说是“才能”的话，第一，并不适合社会需要；第二，咱们的社会制度并不容许施展这种“才能”。然而她竟“施展”了，并且“对历史的进程产生巨大的影响”。这个问题不是应该好好研究一番吗?

在封建制度的黑暗历史上，倒是可以举出上面所说的普列哈诺夫“定理”的许多反证来。史上“女祸”不绝于书，但是那真正的原因其实在于一些没有出息的男人一生下来就是皇上和贵胄，“天然”地踞着高位和握有大权，尽管这些宝贝是如何不适合社会的需要，却仍然可以翻手为云，覆手为雨，乱邦祸国，涂炭生灵，要怎么“施展”就怎么“施展”，那个社会制度对此是绝对批准和无限容许的。在这里，普列哈诺夫“定理”的第二点才算适用。

然而普列哈诺夫“定理”对于江青却全不适用。《江青和历史》这个问题之所以值得“反思”，意义也就在这里。鉴于近几年来这个问题的讨论还有一点“问题”，好像又需提请注意：第一，不要过分强调江青这个人的“历史主动性”。如马克思所说，那么一来反而会不适当地过分“抬举”了她。第二，不要设置禁区。江青曾经给自己和自己人设置的禁区曾是何等壁垒森严，真个是“铁桶江山”，然则而今安在？“历史是人民写的”，诚哉斯言！信哉斯言！

1981年2月

原载《民主与法制》

口号和事实

提出一个口号，能不能收到实际的效果，至少是取决于以下两点：一是口号本身是不是正确；二是提出口号的人们自己是不是身体力行，而后一点，我看尤其重要。

近两年来，有人竟在报刊上公开批评“一不怕苦，二不怕死”、“毫不利己，专门利人”等等口号，把正确的东西当做错误的东西，当然不对头。但是，现在社会风气不好，不少人不讲道德，只讲实惠，有人认为就是因为批了正确的口号，“把人们的思想搞乱了”，我以为这也未必尽然。试看“史无前例”的“文化大革命”时期，这些口号叫喊得何等震天价响，然而，那时候社会风气又如何？共产主义精神实际上又剩下多少？时至今日，我们还没有把那时造成的精神上的“肮脏马厩”打扫干净，还要继续花很多的工夫。而要使那些口号真正成为社会风尚，至少要成为人们崇敬的新的道德，我看首先也还是要叫喊口号的人身体力行，为民表率。十年教训，记忆犹新。叫别人“一不怕苦，二不怕死”，自己却到处营造行宫别馆，并且要老百姓天天去敬祝他“永远健康”；提倡“光明正大”，自己却在那里大耍阴谋权术，诛戮异己；说劳动光荣，却又一味把它当做惩罚冤家的手段；把专家学者批得一文不值，生了病却又非要请留洋的博士去救命不可。叫别人去做的，自己却做不到或者根本不想去做，人民大众诚然老实，可以欺以一时，却不可能长久地被骗下去。听得多了，看得多了，也就明白过来，不肯再一本正经地去听你的空话了。因而，在革命战争时期，在“文化大革命”以前一些时候，那些起过鼓舞、教育和动员作用的正确口号，也就渐渐失去了光泽和力量，曾经激动人心的东西却像冒牌货一样失去信誉了。败坏它们的不是言语和文字，而是“提倡”它们的人们的所作所为，事实难道不是这样吗？

实现伟大事业，没有伟大精神是不行的。我们应该重新提倡那些曾经鼓舞和教育人们去为人民、为祖国和社会主义事业献身的革命口号，必须使它们重新放出光彩。要做到这一点，不能单靠宣传。重要的不是口号叫得如何，而是看叫口号的人做得怎样。

1981年2月

原载《新民晚报》

威信与权威

威信不同于权威，但是两者却很容易混淆。查一查词典，“威信”一条的解释是“威望和信誉”。推敲一下，前一项“威望”也许同权威相近一些，有了权威，多少总会有点“威望”，却不一定有“信誉”。古往今来，一些有权威的人物，往往忽略了后一点，以偏概全，把威信看作与权威俱来，自然而然，非我莫属的东西。因此，他们用来维护威信的办法，其实只是暂时地维护了权威。

16 世纪意大利政治家马基雅弗利著《君王论》，认为君王为要保持自己的神圣地位，必须如“狮子一样凶猛，狐狸一样狡猾”。这主张同我国古代崇奉权术的法家十分相似，自称革命左派的“四人帮”对法家是崇拜得五体投地的。有一阵子，在他们的大批判文章里，商申韩李几乎取代了马恩列斯。然而，狮子只是带来恐怖，狐狸也只能叫人上当一次而已——这一点连小朋友都知道。这个办法当然不能真正地维护威信，顶多只是维护了权威，而且是暂时的。

马基雅弗利如果在中国舞台上，肯定是个专门给万岁爷帮倒忙的角色。

维护威信的办法到了末路，是不让人说话。史载周历王时，“民不堪命”、“国人谤王”，这当然是有损威信的。历王生气了，“使监谤者，以告则杀之”，于是“国人莫敢言，道路以目”。历王高兴了，以为这样一来就保住了“威信”，其实只是暂时地保住了权威。不过三年，他就垮台了。可见威信同权威这两回事又休戚相关。没有威信，权威不能久长。

还有等而下之的，是把威信误作“威福”。《书·洪范》上有这么一句话：“唯辟作福，唯辟作威”。孔安国注释道是“言唯君得专威福”。用现在的话说是君王独揽权威，专行赏罚。弄得不好就妄自尊大，滥用权势，也就是人们通常所说的“作威作福”。滥用权威的结果是威信扫地：丧失威信的结果必定是权威的丧失。

查一查《马克思恩格斯全集》，恩格斯只写了《论权威》，但是，在《家庭、私有制和国家的起源》中有一段精彩的话，可作一篇《论威信》看。恩格斯说，文明时代一个最微不足道的警察，也拥有比氏族社会的全部机关加在一起还要更大的权力，但是，文明时代最有势力的王公和最伟大的国家要人或统帅，也可能要羡慕最平凡的氏族酋长所享有的、不是用强迫手段取得的、无可争辩的崇高威信。为什么呢？因为“后者站在社会之中，而前者却不得不企图成为一种处于社会之外和社会之上的东西”。

对树立和维护威信有兴趣的同志，细细来思考这一番话，大概不无所获吧！

1981 年 6 月

原载《新民晚报》

简洁的美

法国伟大的思想家卢梭，在他的名著《爱弥儿》中讲到语言教育的时候，特别推崇简洁的美，曾经引了这么一个例子：色诺芬在追忆万人大撤退中被奸细出卖而牺牲的几个战士时，称赞他们说："他们死了，但在战争和友爱中没有留下任何污点。"卢梭说，在如此简短的一句赞词中，作者心中是充满了什么感情，"谁要是看不出它的美来，那就太可怜了"！

卢梭自己就是一个语言艺术的大师。《社会契约论》一开头说："人是生而自由的，可是他却到处带着镣铐！自以为是其他一切的主人的人，却比其他一切更是奴隶！"三言两语，就把全书所要阐述的深刻思想概括出来了，而且洋溢着诗意和激情，一下子就把读者抓住，不由自主地跟着他的思路走。

哈瓦那有一座为参加过古巴革命的华人烈士建立的纪念碑，碑上写着诗人何塞·马蒂的题词："在古巴革命中的中国人，没有一个是叛徒，没有一个是逃兵。"我看也不需要更多的话来表达这里已经表达出来的崇高的敬意了！

鲁迅在《忆韦素园君》中写了这一件事："一个好朋友也咯过血，一天竟对着素园咯起来，他慌张失措，用了爱和忧急的声音命令道：'你不许再吐了'"只说了这么一件事，我们就看到了韦素园，并且亲切地了解了他那真诚和友爱的性格。

司马迁用汪洋恣肆的热情文字写《李将军列传》，结论却是简洁的："《传》曰：'其身正，不令而行，其身不正，虽令不从。'其李将军之谓也！余睹李将军，悛悛如鄙人，口不能道辞。及死之日，天下知与不知，皆为尽哀。彼其中实心诚信于士大夫也。谚曰'桃李无言，下自成蹊'。此言虽小，可以喻大也。"话不多，却表达出无限的敬爱之情，而且把李广的品格、作风和威望，也十分形象地刻画出来了。这里引述成典俚语，含意深长，成为千古传诵的佳句。

爱伦堡曾经说，写文章要力求简洁，应该像一个口袋里只有几个子儿的穷人打电报向一个阔朋友借钱一样，要用最少的字，说出最多的意思，又要打动对方的心。说得多么好！

1982 年 4 月

原载《新民晚报》

“难得是诤友”

有关名人逝世消息的报道，有时不免流于老一套。但是，我建议朋友们去读一读5月22日新华社发的一则“马寅初同志遗体在北京火化”的新闻，那是一篇十分难得的好文字，读来激励人心，久久萦绕脑际。不是文字为马老生色，而是马老的高风亮节为文字生色。“高山仰止，景行行止，虽不能至，然心向往之”。我们该向马老学习什么呢？

新华社这则报道说得好，马寅初同志拥护党的领导，关心热爱社会主义事业，爱戴毛泽东、周恩来等革命领袖。然而，他这一切，不是表现在简单地“听话”、“跟着走”。而是以一个学者特有的专长，以主人翁的态度进言献策，是中国共产党难得的诤友。

马老在50年代中期提出以节制生育、提高人口质量为中心的“新人口论”和综合平衡、按比例发展的经济理论。他以赤诚之心，针砭时弊；以其远见卓识，提出经世方略。不幸批了某些人的逆鳞，现在已被时间证明了是完全正确的东西，在当时却被说成错误的东西。马老因此遭到围攻，甚至被戴上“中国的马尔萨斯”“反党反社会主义”的帽子。但是他为了国家前途、人民命运，为了社会主义事业，不慑服于所谓权威，不怕陷于所谓孤立，舌战“时贤”，力排众议，如中流砥柱，始终以大无畏的精神坚持自己认定的真理。回顾50年代中期这一幕，这位逆风而立的白发老人的铮铮风骨，仍然令人心折！

新华社报道说，马老敢于坚持真理，“为我国学术争鸣创一代新风，为后来学人树光辉榜样”。后半句我衷心赞同。前半句区区窃以为言过其实。从50年代中期以后，在学术争鸣上敢于始终坚持真理的确实不乏其人，但是说此事已汇成“一代新风”，却未见得。观风察色，随时俯仰，摇摆不定自居一贯正确，长时期中倒是成为一种风气。这几年来，这种风气曾经有所改变，但是要说已经完全改变了，则未免过于乐观。正因为如此，马老这个光辉榜样，至今仍然可以发聋振聩，正人心，移风俗。

陈毅同志有诗曰：“难得是诤友，当面敢批评。”但这是一方面，从另一方面来说，一个全心全意为人民服务的作风正派的党，一些全心全意为人民服务的作风正派的领导者，才会有诤友，才多有诤友。林彪、江青之流当道的时候，何尝要有诤友？诤友又在哪里呢？

史载一位国君向臣下说：“我何如君也？”一个臣子说，君是“不肖君”，老实不客气地历数了他的种种过失。这位国君虽然本意不在“引蛇出洞”，听了这些话，也并没有赫然震怒，但未免面有愠色。这时候另一个臣子站起来说了：“其君贤者其臣直。”因为是贤君，所以才有正直的臣子，敢于坦率地提出批评。这位国君听了大受启发，从此更加虚心纳谏。

历史的比拟是不伦不类的。共产党和党外人士的关系不是君臣关系，而是同志和朋友的关系，大家都是国家的主人，社会主义事业的主人。先要有主人翁的态度，然后才可能做正直的诤友。马老遭到极不公正的待遇，“处江湖之远”，仍然忧国忧民，不自灰其忠直之志。60年代初他又曾上书中央领导同志，对学习毛泽东思想，防止个人崇拜等问题，坦率陈词。这又是何等的胆识！没有主人翁态度，没有对社会主义事业极端负责的精神，没有为真理献身的精神，能够做到这样吗？可尊可敬的马寅初老人，永远值得我们纪念和学习。

1982 年 5 月

原载《新民晚报》

理论文章的风格和个性

50 年代，爱伦堡来过上海。记得在一次座谈会上听他讲过《真理报》曾约他写社论，可是稿子交去后，第二天主编来了电话：“爱伦堡同志：你的稿子不能用。”“为什么？”“因为读者一看，就知道这是爱伦堡写的。”同《真理报》主编的要求不同，爱伦堡是主张文章要有自己的风格和个性的。他说，一个熟人，在隔壁房间讲话，你一听就知道他是谁，文章也应如此。

然而，我们有一些理论文章的作者，却好像没有自己的声音。即使是阐述不同观点的文章，往往也是一种格式，一样腔调，一样标准化的词汇和句型。从一篇文章拆卸下来的都是通用零件，可以很容易地装配到另一篇文章上去，并用来阐述另一种观点。没有个性和独特风格的东西是容易模仿和再造的。当然，没有个性和独特风格的东西，也最容易令人生厌并且最容易被忘却。

有的同志说，文学艺术要有个性和风格的多样性，理论文章则不同。科学的理论，要求明白、肯定和准确，表现形式似乎是无足轻重的。

难道科学的要求：明白、肯定和准确，是同表现形式的多样性矛盾的吗？是同个性和独特风格矛盾的吗？从黑格尔那里，看不到费尔巴哈的优美流畅；同样，在费尔巴哈那里，找不到黑格尔的奥妙精深。然而，难道他们不是同样明白、肯定而且准确地表现了他们的哲学吗？

马克思和恩格斯都是绝代的文章能手。他们的伟大思想之所以广泛流传，有许多更重要的原因，但是富有个性的语言风格，确实把思想的种子飘得更远。他们那些抨击敌人的政论，常常是嬉笑怒骂皆成文章。马克思形容当时的德国资产阶级“对于保守派来说是革命的，对于革命派来说是保守的”，“没有耳朵，没有眼睛，没有牙齿，衰颓不堪”，活像一个该受诅咒的老头子，“注定要糟蹋健壮人民的最初勃发的青春热情而使其服从于自己晚年的利益”。这就是对敌人的极端轻蔑，而语言又是何等泼辣和锋利！

有个性和独特风格的文章才是有生命力的。历史上曾经有许多文人学士，以八股文章轻取功名富贵，但是，有哪一篇八股得以传世呢？以明代来说，当时官样大块文章可谓多矣，当时则荣，其后则没，流传下来的倒是那些“不登大雅之堂”的笔记、小品，因为它们才有个性，有自己的风格。

写得好的文章，即使道理陈旧，有时也能迷惑人（虽则只是一阵的），而文章不好即使道理对头也未必能得到读者。现在有一些青年喜欢读十八九世纪资产阶级思想家的书。一二百年前的东西，比我们现在写的更有新意么？资产阶级童年时代的狂言和梦想，同我们的社会主义现实又相距何远！？为什么受到有些人的欢迎呢？别的原因不说，文风也是一个原因：十八九世纪那些资产阶级思想家，在语言上都有自己的个性和独特风格，虽然年代久远，美人迟暮，仍有迷人的风韵。卢梭的《社会契约论》，一开头就说："人是生而自由的，却处处都在桎梏之中，自以为是其他一切的主人的人，却比其他一切更是奴隶！"三言两语，就将全书所要阐述的思想概括出来了，而且有激情，有诗意，容易打动读者。个性化的生动的语言，是资产阶级启蒙著作具有魅力的原因之一。清末民初，梁启超曾经是进步思想的晨钟，但后来趋于保守，变做号泣斜阳的暮鸦了。但他写得一手好文章，"笔端常带感情"，即使讲的是歪理，也很能吸引人。当然，笔者不是提倡花言巧语去讲歪理，好比把毒蛇隐藏在花丛之中。真理肯定比歪理能说服人，但真理如果说得好，则一定更能说服人。

马克思和恩格斯几乎是单枪匹马面对整个旧世界的时候，他们依恃的是真理，他们用正确的思想去说服人，同时也很讲究用最动人的语言去说服人。他们只能说服，他们大概也没有想到压服。因此，如果不是企图说服读者而要压服读者，文风必坏，必定是盛气凌人的说教，"标准化"的官腔，平庸单调的风格。面目可憎的"革命大批判语言"难道不正是某些"英雄们"丧失人心的一个原因吗？

文风不整，讲的话没有多少人要听，写的文章没有多少人要看，是不利于马克思主义的广泛传播和发展的。现在看来，提倡“生动活泼新鲜有力”的文风仍然是我们今天的重要任务。

1982 年 4 月

原载《读书》

理论文章也要有个性

理论要说服人，先要正确；但正确的理论如果没有吸引人的语言风格，仍然不能吸引人、说服人。德国哲学家莱布尼兹说，世界上没有两片相同的叶子。曾经有一个相当长的时期，我们却几乎可以说，在报刊上，很难找出两篇在语言风格上不同的理论文章来。生活千姿万态，理论却一律穿着灰色的人民装。这几年争鸣风气重开，文风也有所改变，但这种改变不大。在这个问题上，我们也许仍然必要向历史上的先辈和革命先辈学习。

战国是学术上的黄金时代。百家争鸣，不只是思想不同，文风也不同。孟轲的雄辩，荀况的周详，庄周的汪洋恣肆，韩非的峻峭深刻，在语言上各具一格。文章盛于汉代，司马迁和班固都写历史，但落笔之际，一个大纵奇兵，一个布阵精严，各有所长。古代思想家们好像都非常巧妙地找到了表达自己思想的最恰当的形式，“文以载道”，传世而不衰。唐宋八大家，风格各殊。苏氏父子同写《六国论》这个大题目，论点也大致相同，但文章各有千秋。苏洵沉毅雄浑，开门见山，侃侃而谈："六国破灭，非兵不利，战不善，弊在赂秦，赂秦而力亏，破灭之道也。"苏辙从容道来："尝读六国世家，窃怪天下之诸侯，以五倍之地，十倍之众，发愤西向，以攻山西千里之秦，而不免于灭亡，常为之深思熟虑，以为必有可以自安之计"，条分缕析，稳健清新。即使同样的大道理，也决不人云亦云，而是用自己的话来说，这才有声有色。在从前，八股文章也是不少的，然而随风飘逝，流传下来的仍是那些有自己风格和个性的作品。

有的同志说，内容决定形式，诸子百家，各立门户，风格迥异；我们都是马克思主义者，语言风格也自然近似。事实上，同样是马克思主义者，从文章的风格，即可以辨认出它的作者是文采焕然的普列哈诺夫，还是热情奔放的罗莎·卢森堡；你也决不会把列宁的文章误认为是斯大林写的。理论的内容常有共性，但表现形式却有个性，缺乏个性的表现形式，不能显扬它的内容。

马克思和恩格斯的著作，不但内容博大精深，以其深刻思想抓住人心，那色彩辉煌的文风，也有一种非凡的美的魅力。谁不记得《共产党宣言》呢？

"一个幽灵，共产主义的幽灵，在欧洲徘徊。"

开宗明义一段话，即形象化地绝妙地形容了欧洲一切旧势力对共产主义的无知和恐惧；把头上有着灵光圈的大人物同戴着制帽的鹰犬放在同一个"神圣同盟"里，又是何等辛辣的讽刺！共产主义者最初向旧世界挑战的时候，就是这样从容不迫，诗情洋溢，充分显示了自己的精神优势。

列宁的文章意气昂扬，有一种所向披靡的气概，单是文章题目，也往往有如闪电雷鸣；但也并不是一律地剑拔弩张。如《纪念欧仁·鲍狄埃》，自肺腑流出，一往情深。毛泽东的文章曾经也有鲜明的个性和风格，读过《别了，司徒雷登》这样一些政论，有谁会忘记像“人民解放军横渡长江，南京的美国殖民政府如鸟兽散”这样一些生动泼辣而又具有中国特色的语言呢？

风格即人。语言风格是作者性格、热情、信念、理论深度和文化素养的体现。偌大一个理论队伍，且不说观点不同，而且经历不同，修养不同，禀赋各异，但在过去提起笔来却曾如此统一规格化。究其原因，可能有许许多多，但“左”的错误影响，思想僵化导致语言的僵化则是重要一条。有一个长时期，人们讲一句话，写一行字，要么从标准化的模子里照抄照搬，要么反复削光磨平，唯恐出一点什么岔子，救过补阙之不暇，哪里有工夫考虑到什么个性化，什么是自己的风格呢？危墙之下，急切避之，查理·卓别林大概也不再走他那天下闻名的独特的鸭步的。

过去的已经过去了。随着思想的解放，文风也要解放。文风解放的意义，实在不下于思想的解放。

1983年2月

原载《新民晚报》

魂兮归来！学者散文

一

我们国家有一个悠久的优良传统：优秀的学者往往同时是优秀的散文家。几乎所有的学术经典和传世论著，同时又是独树一帜的散文典范。学者散文（以叙事为主的史传文和以说理为主的议论文）有别于文学散文，是一个特殊的散文品种，有很高的独立地位，同它们所表述的哲学、历史、政治思想一样，都是我们民族文化的宝贵遗产。

春秋战国，处士横议，百家争鸣，学者以学术鸣，也以其辞章鸣，这是学者散文勃兴的时代。在这个时期大放异彩的诸子百家，学术上自立门户，文章也风格迥异，气象万千。如《左传》的凝练精警，《战国策》的淋漓尽致，《论语》简洁，《墨子》朴质，《荀子》严密，《韩非子》冷峻犀利、咄咄逼人，《庄子》汪洋恣肆、海阔天空，《孟子》以雄辩和气势见长，“语约而意尽，不为刻斩绝之言，而其锋不可犯”（苏洵语）。这些伟大学者，好像都找到了最恰当的语言风格来表达自己的思想。他们不但殚精竭虑建立自己的学术体系，而且用最有说服力的语言来宣扬自己的学说。他们在散文写作上，各自创造了富有特色的个性化的风格。历代文坛各种流派，几乎都可以从这里寻觅到泉源，所谓“后世之文，其体皆备于战国”（章学诚《文史通义》）。如同希腊神话在西方文化史上的深刻影响一样，先秦的学者散文在中国文化史上也具有“永久的魅力”，为后来者无法企及和模仿。不同的是，希腊神话是“人类童年时期的梦想”，而我国学者散文则是中华民族思想成熟的硕果。

学者散文在西汉曾又出现一个高峰。如贾谊的政论，波涛汹涌，气魄雄伟，读来抑扬顿挫，一唱三叹，名篇《过秦论》，历代学者叹为“文事之壮观”。司马迁承上启下，代表着学者散文的高度成就。《史记》叙事实，繁简剪裁精当，写人物如闻见音容声色；发议论抒愤懑，激情横溢，使读者心潮起伏，难以自制。清人孙月峰说他“任意写去，矫健磊落，笔力如走蛟龙，挟风雨”，鲁迅则称之为“史家之绝唱，无韵之离骚”。在中国文学史上，没有过一位文学家曾经像无意做文学家的司马迁一样，对中国文学发生如此深远的影响。

司马迁以后，历代同时以学术和文章名世的学者相继不绝。如东汉的班固、桓宽，前梁的范缜，北魏的郦道元，明的李贽，清的顾炎武，近世的梁启超等，他们的学术论著同时又是散文佳作。唐、宋的韩、柳、欧、苏等，更以学者兼文学家写下了许多精警的史论和政论，从而使学者散文同文学在神采上更加相近。

学者散文同文学散文有很深的血缘关系。有的学者散文也可以当做极好的文学散文来看。但学者散文毕竟不是文学散文，它们生长在同一棵智慧树上，却是不同的两种精神果实。

可惜的是我们还从来没有把学者散文当做独立的一个散文品种来研究，我们还没有过一部专门的学者散文史。学者散文至今只在文学史上落户。

在古代，学术与文学是不可分家的。梁昭明太子萧统编辑《文选》，认为“姬公之籍，孔父之书，与日月俱悬，鬼神争奥”，“老、庄之作，管、孟之流，盖以立意为宗，不以能文为本”，“至于记事之史，系年之书，所褒贬是非，纪别异同，方之篇翰，亦已不同”（《文选》序），因之概不辑入。他似乎是要把哲学、历史之文与文艺之文分别开来。立意编一部纯粹的文学散文集。然而，萧统在他的《文选》中，却仍然选进了不少非文学的散文。例如李斯的《谏逐客令》、贾谊的《过秦论》、李萧远的《运命论》、陆机的《辨亡论》等，都是“以立意为宗”的政论和史论，非“文艺之文”。《文选》实际上仍是一部学者散文与文学散文的汇编。清代金圣叹集《六才子书》（见《三国演义》序），把《庄子》、《史记》与《离骚》、杜诗、《水浒》、《西厢》相提并论，同视为语言艺术的杰作。家喻户晓的《古文观止》，既有韩愈的《祭十二郎文》，也有他的《原道》、《原毁》；有欧阳修的《秋声赋》，也有他的《纵囚论》、《朋党论》；有苏轼的《赤壁赋》，也有他的《范增论》、《留侯论》，文学散文与学者散文兼收并蓄，同视为词章的典范。

学者进入文学，仿佛异族入主中原，大业既成，也就被奉为正朔了。这是文学史上一个奇异现象。在历史上，有不少一身而兼学者和文学家的，他们当然都该进入文学史。但他们凭借以进入文学王国并且在那里占有崇高地位的，往往却是他们作为学者而写的史传文或议论文。贾谊的《过秦论》在文学史上的光彩，就比他的《鹏鸟赋》眩目得多。左、庄、韩、孟确实不是文学家，却因为他们的学术著作是极好的散文，因而也被请入文学史。司马迁被奉为文学巨人而载入文学史册。然而文学是司马迁的光辉，而不是他本身，他本身是一个伟大的历史学家。西方人不把马基雅弗利的《霸术》写进文学史，可是《韩非子》却在中国文学史上崭露头角。郦道元可真是以一部地理学专著《水经注》而成为文学史上的座上客了。优秀学者同时是优秀散文家，学者的语言才华曾经滋养了文学，学者散文不但影响了她的姐妹文学散文，而且及于诗歌、小说、戏剧。苏轼称“杜诗似《太史公书》”，金圣叹认为“《水浒》可追《史记》”，说的就是这种血缘关系。在中国文学的血管里，流着学者散文健壮的血液。历史学家司马迁在文学史上的地位，远远高于他同时代的大文学家司马相如，而他对后世的影响，甚至超过诗歌之父屈原。在中国文学的殿堂里，学者头上竟然有着比文学家更大的光环。

汉魏以后，历经五代，中国文学渐趋于华丽绮靡，盛行“骈四俪六，锦心绣口”之文。唐代韩愈等发起“古文运动”，实际上是一个向先秦和秦汉之际的学者散文学习的运动，企图借助学者散文的朴实深厚而磊落矫健的富有独创性的文风，在文坛上“推陷廓清”，力挽颓风，“起八代之衰”。这是中国的“文艺复兴”。宋代又有欧阳修为代表的反对“西昆体”的古文运动。唐、宋之际由此产生了一批卓越的散文家和诗人。他们在风格上和气质上，都是左、孟、庄、韩、司马等的传人，而非“齐梁小儿”之后辈。中国文学在病笃危急的时候，总是求救于自己的好像永不衰老的“外祖父”。

五十年代，巴人在他的《文学论稿》上有一段话说：“中国的学术思想文章，常常会超越了它应有的限度——说理的明白性与体系化的限度——而接近于文章的写法。庄子便是一个例子。而历史记载文字，也每每会超越它应有的历史学的分析与综合的限度，而接近于戏剧性的或小说性的表现。《左传》与《史记》便是一个例子。但严格地说，这些仍不能目为散文文学”。这是现代文学史家区分文学散文与学者散文的尝试，这一番话，也说出了中国的“学术思想文章”和“历史记载”的传统特色——“接近文学”的文风。它们的确不能“目为散文文学”，而是独立存在的学者散文。

难道我们不该把学者散文当做一个独立的散文品种来研究？难道我们不该有一部学者散文史？不该有一部或几部学者散文选集？

二

历代学者，从来都是把《左传》上说的“言之不文，行之不远”这句话作为座右铭的，总是力求避免说理的文辞简陋枯涩和叙事的平铺直叙，力求把自己的思想表述得真切，情词并茂，动人心魄，以便“行之弥远”。

《论语》上记载孔子的话说：“辞达而已矣”。有人因此误以为孔子不主张讲究文采。苏轼却作了精辟的解释：“夫言止于达意，即疑若不文，是大不然。”他认为只有深刻地理解和把握到事理之微妙，同时又能生动地形诸于语言和笔墨，这才叫“辞达”。孔子在另一个地方说，“不学诗，无以言”，他认为学者要有丰富的生活知识和语言艺术修养，那样才能更好地表述自己的思想。历代学者师承其意，继续发挥。

唐代学者和作家曾巩说，思想道德学术论著，如果“其辞不工，则世尤不传，于是又在其文章兼胜焉。故曰，非蓄道德而能文章者，无以为也”（《寄欧阳舍人书》）。宋代学者吕南公说：“文不可以不工。”（《读李文饶集》）他认为文章本身固然不足恃，但没有好文章，“则不足以致道治人”。著名的政治改革家王安石主张“所谓文者，务为有补于世而已”，曾经嘲笑韩、柳“徒语人以其辞耳”，然而他还是承认文辞之事“未可已也”（《上人书》）。他自己就写得一手很好的散文，语言简劲，说理透辟，独具一格。

在历史上，也曾有一些学者对“文辞之事”表示十分轻蔑。如宋代那些“头脑用阴沉木做成的”道学家。周敦颐认为“不知务道德而弟以文章为能者，艺焉而已”（《周子通书》）。程颐认为“玩物丧志，为文也玩物也”（《二程语录》）。杨时指责唐之韩愈“不过乎欲雕章镂句，取名誉而止耳”（《与陈传道序》）。道学家们傲慢地抛开学者散文的优良传统，他们那些自以为正统的一本正经的高谈义理的大作，往往不过是枯燥的文字记录，或苦涩难啃，或淡而无味，而与散文绝缘了。他们有时附庸风雅来做诗，也如诗人刘克庄所说，道学家做诗不过是“语录讲义之押韵者”（《吴恕斋诗稿跋》）。正因为“言之不文”，宋明的理学教科书同先前东汉经学大师马融、郑玄、王肃等的讲义一样都“行之不远”。“皓首穷经”，讲了许多修身齐家治国平天下的大道理，远不如韩、柳、欧、苏辈几篇文采斐然的短论那样传诵于当世，垂之于后代，入之于人心。原因就在于文与不文之别。朱熹的及门弟子真德秀曾经编辑一本《文章正宗》，选录的标准是“明义理，切世用”，否则“辞虽工也不录”。许多学者散文当然被视为左道旁门，不能入于“正宗”。《文章正宗》意图取代“以文害道”的《昭明文选》。然而一千多年来，《文选》行世不衰，读书人案头必备，自命为“正宗”的《正宗》却几乎被忘记得干干净净。道学家们只是做了一个可笑的梦。他们不懂得天下从来学术与文章相依为命的道理。

讲学者作文“刻镂章句，雕琢词章”，是道学家的偏见。刻镂雕琢者不是没有，但从来不是学者散文的“正宗”。苏轼曾批评扬雄“好为艰深之词，以文浅易之说，若正言之则人知之矣。此正所谓雕虫篆刻者，其《太玄》、《法言》皆是类也”（《答谢民师书》）。扬雄虽是杰出的文学家，却是平庸的学者。唯其平庸，故作艰深，文其浅陋，也就不免刻意雕镂，文章说怎样也写不好了。在中国学术思想史上，《太玄》、《法言》确实只配放在一个冷落的地方。

那么，什么是学者散文的“正宗”呢？

唐宋以后，学者综观前人成就，论散文的一个特点是“本色”。明唐顺之说：“秦汉以前，儒家有儒家的本色，至如老、庄家有老、庄本色，纵横家有纵横家本色，墨家、阴阳家皆有本色，虽其为术也驳，而莫不有一段千古不可磨灭之见”，“各自其本色而鸣之为言。其所言者，其本色”（《答茅鹿门知县二》）。所谓“本色”，就是学者自己的真知灼见。先有独创性的思想，而后才有独创性的文章。

学者散文的另一个特点是“文如其人”。明方孝孺说文章“实与其人类”。他列举先秦诸子为例：“庄周为人，有壶视天地，囊括万物之态，故其文飘然若云游龙腾；荀卿恭敬好礼，故其文敦厚而严正；韩非峭刻酷虐，故其文深切纠缠，如法吏议狱，务尽其意；司马迁豪迈不羁，故其文浩荡如江河；贾谊少年慷慨，故其文深笃而悲壮。”等等（见《张彦辉文集序》）。文风同作者的禀赋、性格、修养，尤其生平经历遭际密切相关。苏辙说孟子“我善养吾浩然之气”，“今观其文章，宽厚宏博，称其气之大小，太史公行天下，周览四海名山大川，与燕赵间豪俊交游，故其文疏荡，颇有奇气”（《上枢密韩太尉书》）。

文风不拘一格，以个性化的语言表达自己的独创性的思想，这才是学者散文的“正宗”。

学者散文叙事说理之妙，又往往取决于作者的经世抱负和思想信念。“文章格调有尽，天下事理日出而不穷，识不高于庸众，事理不足关系天下国家之故”，断然写不出好文章。这是清人魏禧说的话。他还说，“所谓文者，未有不写其心之所以明者也。心苟未明，劬劳憔悴于章句之间，不过枝叶耳，无所附之而生”（《宗子发文集序》）。优秀的学者散文，所写的无不是作者所深刻理解和执着坚信的东西，“心之所契，身之所履”，即书于手，便是“至文”。这样，文章才能立论鲜明，论证有力；才能得心应手，曲尽其意；也才能文理自然，如行云流水，姿态横生，有抑扬动人之妙；也才能淋漓尽致，沉着痛快，入木三分。

十八世纪法国的莱辛说，在完美的叙述中，形象和概念应当像夫妇一样结合在一起。中国古代学者，早在公元几百年前就这样做了。在古代学者散文中，形象和概念非常巧妙地结合在一起。伟大的学者们从来不作抽象的说教，在深刻的哲学思辨中，穿插着许多神话、寓言、故事，许多比喻和联想，他们总是借助于生动的形象来进行哲理的论证，使之更加雄辩有力。他们又极善于把自己的深刻思想用最简洁的语言表达出来，一下子就打入人心。枯燥冗长的概念演绎或推理，在古代学者散文那里是见不到的。古代学者散文中许多寓言故事，格言警句，成为我们民族文化的瑰宝，它们丰富了中国语言和中国文学。

难道我们不该向伟大的先辈学习？难道我们不愿从历代优秀的学者散文中吸取丰富的营养？

三

学者散文，并非一直兴旺发达。

自西汉以后，学者散文有逐渐衰落的趋势。这个转折，是从汉武帝罢黜百家，独尊儒术开始的。自隋唐以后，设科举制度，学者空言应试，“千人一律”，如宋吕南公说，“自是文章世衰一世，几于童子之临模矣！”（《与汪秘校论文书》）学者多做官，志于乌纱帽，加上专制之酷，文网之密，为文者如临深渊，如履薄冰，慎于保身家性命，更加“坚持古人襟袖而不敢纵其握”。顾亭林慨叹说：“古人著书，犹开山而铸钱，今人著书，则舂坐碎散古人之宝，以为己之用而已”（《日知录》）。于是，学者散文传统中最优秀的东西——创造性的思想与个性化的风格濒于泯灭。杰出的学者和散文家虽然历代皆有，但在漫漫的历史长河中，他们只是划过暗夜的流星，倏忽一现。像先秦学者散文那样蔚为奇观，那么辉煌灿烂的星空，似乎一去不再现了。

宋代大文豪苏轼曾尖锐地批评当时文风不振，并且把罪过归之于当权者王安石的“好使人同己”。他说：“文学之衰，未有如今日者也！其源实出于王氏。王氏之文，未必不善也，而患在好使人同己。自孔子不能使人同，颜渊之仁，子路之勇，不能以相移，而王氏欲以其学同天下。地之善者，同于生物，不同于所生；惟荒瘠斥卤之地，弥望皆黄茅白苇，此则王氏之同也。”（《答张文潜书》）苏轼对王安石的批评可能偏激。但历代确有当权者“好使人同己”，竭力要使思想与文风趋于一律，从而使文坛成为“荒瘠斥卤之地，弥望皆黄茅白苇”。

学者散文的衰落，也同学者自己的修养大有关系。章炳麟说，

“近代之学者率椎少文，文士也多不学”。前几年，王蒙同志在《读书》上著文说，大作家都非常有学问，都称得上是学者，然而建国三十多年来，“我们不重视作家的学问基础，作家队伍明显地呈现出非学者化的趋势”。实际上，几十年来，我们尤其不重视学者的写作基础，学者队伍尤其明显地呈现出“非作家化”的趋势。

假如有永恒真理，那么“言之不文，行之不远”，便是一个古今中外的永恒真理。对社会进步有巨大影响的近代资产阶级伟大学者或现代无产阶级的伟大学者，大都是杰出的散文家。伏尔泰的雄辩，卢骚的优美，人所共知。梅林称马克思的政论“惊人的形象化”，说“他的文字就像汪洋大海里跳跃的波涛”，说恩格斯的文章“如清澈见底的一弯流水”。马克思在《论普鲁东（给施维尔泽的信）》一文中说，普鲁东《什么是财产》一书为什么能激动读者并在初次问世时留下了强烈的印象，就是因为它“文体上的优美”。马克思还提到马尔萨斯《人口论》这篇诋毁人类的文章终于引起普遍注意，也是因为“文字之美”。然而，“文体上的优美”，“文字之美”，却似乎是我们学术理论界所忽视的。我们能够举出几篇优秀的脍炙人口的现代学者散文？我们有哪几篇优秀的学者散文可以写入当代文学史？百花齐放，讲了许多年，“弥望皆黄茅白苇”，但不见万紫千红，至少学术理论的文风是这样。现在的理论宣传不受欢迎，缺乏力量，就同文风的单调乏味，千人一面大有关系。

学者散文的衰落，难道不足以使我们惊心动魄？我们是不是可以掀起一个学者散文的复兴运动？

魂兮归来！我们的学者散文的优秀传统啊！

1989 年 1 月

原载《华东师范大学学报》

从《天云山传奇》的争论想起

电影《天云山传奇》最近引起一场争论。批评这个影片的同志说，“影片塑造吴遥这样一个反面典型，是为了揭露和批判党的极‘左’路线”，“这样，编导在指导思想上就不仅把一九五七年以来我们党的工作全盘否定了，而且影片还引导观众把对吴遥的憎恨转化为对党组织的不满和埋怨”。这里的问题是：批判吴遥这样一个或者这样的一类人物，就是把党的工作全盘否定了吗？就是引导观众去对党组织“不满和埋怨”吗？也就是说，吴遥的“工作”，是不是等于党的工作？批评吴遥这样一个或者这样一种领导干部是不是就等于批判党，“毁坏党的形象”？

其实这是一个老问题。

打从 1957 年开始，这个问题就好像是我们政治生活上的一个梦魇，而且曾经被提炼为一句名言，叫做“抽象肯定，具体否定”，其特效就是叫打算提意见的人又把意见吞了下去。有鉴于此，1980

年 3 月，共产党的十一届五中全会通过的《关于党内政治生活的若干准则》上特别有一段话说："必须注意区别：反对某个领导同志的某个意见，不等于反对这个同志，反对某个领导机关的某个同志，不等于反对这个组织，不等于反领导，更不等于反党。"这就是拨乱反正！

然而有些人的老脾气，改之也难。在《准则》发表一年之后，1981 年 4 月 23 日，在报纸上又出现了一篇题目就叫做《抽象肯定与具体否定》的批判文章，上面也有一段话说："×××同志可能会说，我是说那些不称职的有关文艺方面的干部，不是说的党。谁都知道党不是空的，是由千千万万的党员组成的，党的领导也是通过各级组织实施的，否定了具体的人，具体的党组织，还有什么党的领导？"

就拿这一番话，同上述《准则》上的话对照一下吧。也许我们可以相信，作者只不过是没有认真学习《准则》，而不是有意同它唱反调。只不过是用惯了的"革命大批判"的手法，如同张三李四的口头禅一样，不知怎样就又一下子脱口而出了。

《准则》把道理说得明明白白了，然而仍有"抽象肯定与具体否定"之批判，仍有对《天云山传奇》如此这般的批评。同"左"的传统决裂，真是谈何容易！

1982 年 7 月

原载《新民晚报》

批评家的道德

意大利著名记者法拉契，有一次竟提出要跟《星期日泰晤士报》的编辑决斗。什么事情使得这位看来温存文雅的女士如此愤怒呢？

法拉契说，有时也有人去采访她，“不用录音机，甚至很少记笔记。可是我说了某句话，引起他的兴趣，就赶快记了下来，我忙问：‘你记下了什么？’‘你不能断章取义，必须把我这句话的来龙去脉、前因后果交代清楚，不然不得发表。’”有一次，《星期日泰晤士报》却正是那样篡改了法拉契的话。

断章取义，不顾一句话的来龙去脉、前因后果而妄加评论，这种事情我们是司空见惯了。碰上这种倒霉事情，惶恐之余，大概也没有谁敢于或者也不屑于像法拉契那样大发脾气——当然也不是心悦诚服，一点微词都没有。

记得二十几年前，我在上海某报上发表过一篇关于青年读书问题的杂谈，引用了鲁迅的话："我是主张青年也可以看看帝国主义者的作品的，这就是古话的所谓'知己知彼'。青年为了看虎狼，赤手空拳地跑到深山里去固然是呆子，但因为虎狼可怕，连用铁栅围起来了的动物园也不敢去，却也不能不说是一位可笑的愚人。有害的文学的铁栅是什么呢？批评家就是。"（《关于翻译》）本着此意，笔者写道，也包含着毒素的电影或作品，在戏院上演，在书店里出售，禁止不了，问题是要有鲁迅所说的那种用批评筑成的"铁栅"。因此建议多写影评，建议古典文学的翻译和出版者在一本书的序、跋中多做一些介绍、分析和批判，以帮助青年读者去鉴别。窃以为用意是好的，道理也说得相当清楚了。可是事有大谬不然者，这区区几百字的短文发表后，京沪报刊，大加挞伐，某个刊物还特地辟了一个名曰"必须清除读书运动中的有害论调"的专栏。批判者们用的就是断章取义法，斩头去尾，取出"有毒素"的书"看是可以看的"这些字眼，再锻炼成"提倡青年读坏书"、"为资产阶级思想争市场"以及笔者自己也许原先万万没有想到的其他种种罪名。众所周知，从前在批判的法庭上是没有申辩权的，人们想象你是什么东西，你就一定是这种东西。看了许多裁判式的一面之词，我忽然想到塞万提斯确实是伟大的作家，同风车战斗确实是从生活中提炼出来的不朽的故事；同时也悟到了，金圣叹他老先生在杀头灭族之前为什么竟会有"以无意得之"、"不亦怪哉"的感叹，其实是真话，不是幽默。

以上一点旧事，是看了许多新事又记起的。最近听到一位朋友说，人们在提倡制订各种职业道德规范，其实也该订出批评家的道德规范。我想，如果真要制订这样的规范，这一条绝不可少，即是：“不要断章取义，把一句话的来龙去脉、前因后果交代清楚了，然后再去加以批评”。

1982 年 10 月

原载《社会科学》

“落实”要落到实处

每当打开报纸看到表彰先进人物的报道，总是惴惴不安，急切地先在字里行间寻觅着有没有这样的句子——光荣的一生、过早离开我们、永远活在我们中间、追认为。太多了，太令人痛惜了，每次我们发现和表彰先进人物，好像总已是一个个骨灰盒。远的不说，较近的就有栾茀、罗健夫、蒋筑英、陈安乐……近几天，报上又发表报道，开头说，“在‘四化’建设者的行列中，又闪出一位先进人物”，然而接下去就又说，“病魔那样快地夺去他的生命”。这一次是桥梁工程师汤发良。实在太令人痛惜了，实在太多了，以至人们有一种“条件反射”，看到表彰先进的大标题就觉得凶多吉少。先进人物的崇高精神使人感动，热血上升，见贤思齐，但是想到大家在传颂和立志学习他们的时候，他们却已经永久闭上眼睛长眠地下，我们的心就又沉了下去。

生老病死，人世之常，本来可以看得淡些。然而，我们觉得“太多”，格外痛惜，是因我们的人才太少了，人才中的先进人物则更少。而这些杰出人才又多是死于盛年之际。报上常说他们“把全部才能和精力献给了人民”。何尝是全部呢？他们的才能精力远远没有能充分发挥，就带到坟墓里去了。

为什么不在杰出人才和先进人物还活着的时候表彰他们、学习他们呢？为什么要等到只有灵堂前一张照片的时候才想到该对他们作出充分评价和表示极大的遗憾呢？胡乔木同志在《痛惜之余的愿望》这篇文章里，有一段话是讲得十分痛切的：“我们为什么不能更早地注意到他们的病情，在来得及的时候挽救他们的生命呢？我们为什么不能更多地采取一些严格的‘强制措施’，让他们得到稍为好一些的工作和生活的条件，得到比较接近于必要的休息呢？人啊，共产党员啊，你们没有权利对周围的人和事冷漠敷衍。”

记得多年前看过一篇文章，上面有一段话说：“像莫扎特这样的天才，竟活不到某种动物的年龄，这实在是人类的耻辱。”

如果由于冷漠和敷衍而不能使人才免于夭折，难道不也是一种耻辱？

我们希望负责落实知识分子政策的同志热情认真。热情爱护他们，认真关心他们。落实政策，要落到实处。“脱帽加冕”、嘉奖表扬、定职称给荣衔等等当然是好的，然而还要落到实处。所谓“实处”，就是要切切实实地帮助他们解决具体问题，诸如住房问题，经常的健康检查和生了病的治疗问题，上下班乘车难问题，业余休息和参考资料问题等等；要实实在在地办几件好事，让知识分子得到稍微好一些的工作和生活的条件。

近来，报刊上讲知识分子的好话讲得不少了。为了改变某些人由于愚昧而轻视和歧视知识分子的顽固偏见，这种好话还要讲得更多些。然而最要紧的还是要解决实际问题。援用列宁的话来说：解决一个实际问题，胜过一打好话。多解决一些实际问题，今后就一定可以少做一些令人悲痛的追思和悼念。

1982 年 11 月

原载《上海盟讯》

“猫的婚礼”

婚事讲究排场奢侈，究竟是文明，还是退化？我想了好久，还是想不出一个十分肯定的答案来。想着想着却想到了鲁迅先生《朝花夕拾》里的那篇《狗·猫·鼠》。鲁迅说，他所以仇猫，是“因为它们配合时的嗥叫，手续竟有这么繁重，闹得别人心烦，尤其是夜间要看书、睡觉的时候。”从猫到人，对我们理解那个“文明还是退化”的问题，是很有启发的。照抄鲁迅的话如下：

“人们当配合之前，也很有些手续，新的是写情书，少则一束，多则一捆；旧的是什么‘问名’‘纳采’，磕头作揖，去年海昌蒋氏在北京举行婚礼，拜来拜去就十足拜了三天，还印有一本红面子的《婚礼节文》，《序论》里大发议论道：‘平心论之，既名为礼，当必繁重。专图简易，何用礼为？’——然而我毫不生气，这是因为无须我到场，因此可见我的仇猫，理由实在简简单单，只为了它们在我的耳朵边尽嚷嚷的缘故。——还有，平素不大交往的人，忽然寄给我一个红帖子，上面印着‘为舍妹出阁’、‘小儿完姻’、‘敬请观礼’或‘阖第光临’这些含有‘阴险的暗示’的句子，使我不花钱便觉得有些过意不去的，我也不十分高兴。”

鲁迅先生提到的“海昌蒋氏”的婚礼，其“手续繁重”实在不下于猫的嚷嚷。现在有些人认为办婚事一定要办得“有派头”，非得花销几千元不可，其理论根据大概是“既名为礼，当必繁重，专图简易，何用礼为？”但在旧社会，能够办得起繁重的婚礼的，总是有点地位、财产的，至于一般人，都还是量力而行。现在呢，有不少人是不自量力，打肿了脸充胖子，办一个婚事，要花掉几十个月的工资。许多家长、新婚青年，包括“不花钱便过意不去”的亲戚朋友，实际上是硬着头皮在“赶时髦”，面上喜气洋洋，心底里却暗暗叫苦。然而时下就是有那么多“嚷嚷”，几乎闹得人人不得安宁。

婚事奢办，其实是旧社会沉渣泛起，海昌蒋氏阴魂不散，同社会主义精神文明完全不合。瞎嚷嚷的“猫的婚礼”使人厌烦；“手续繁重”，花费过多的人的婚礼更是一种灾难。在除旧布新的节日又快来到的时候，是不是可以在婚事上也除旧布新呢？婚事新办，办得合情合理，做到文明、节俭、欢乐——真正的幸福的欢乐，而不是一时阔气几年愁。

1983 年 1 月

原载《新民晚报》

论“爱情至上主义”

青年因失恋而杀所恋之人，曾见报端评论说，那是中了“爱情至上主义”的毒。

残杀所爱，论其思想，果真发端于“爱情至上主义”么？

古代的王公贵族死了，按照死者的意思，总把一些他们心爱的东西包括心爱的女人去殉葬。这样做，从心理上分析不外是：怕自己喜欢的东西落到别人手里去。因失恋而杀人，大概也有这个“怕落到别人手里去”的意思吧？如要找到思想根源，倒是在那封建时代的墓穴。“爱情至上主义”究竟在哪里呢？

林黛玉死了，如果贾宝玉是彻底的“爱情至上主义”者，应该马上去做和尚，也不会同薛宝钗生活了一阵子。传统的伦理观念——父母、家庭、人子之责，一度抑制了他因失去爱人的痛苦和绝望。爱情并非“至上”。

匈牙利诗人裴多菲说，“生命诚可贵，爱情价更高”，爱情的价值高过了对于每个人来说只有一次的生命。——然而，接着他又说，“若为自由故，两者皆可抛”，又仍然不是“爱情至上”。

有时候，一对情人双双自杀，人们说是“殉情”是“爱情至上”。然而，爱情本身就是对美好生活的渴望，没有比热恋的人更热爱生活了。爱情不甘愿死，爱情是被杀的。罗密欧和朱丽叶们不是死于“爱情至上”，而是死于强者与之斗争、弱者表示屈服的种种恶的社会条件或者这种社会条件的残余。

我怀疑到底有没有“爱情至上主义”这种东西。

奥赛罗怀疑苔丝德蒙娜不贞而把她扼死在床上。恶魔一样的嫉妒比爱情更加强烈。寻根究底，嫉妒不是生于爱情，而是生于传统的道德观念。造成奥赛罗的悲剧的，不是“爱情至上”而是“道德至上”。

人生在世，有种种的爱，其中包括对异性的爱情。爱情可贵，人们最不愿牺牲自己的爱情，但是人们有时不得不作出这种牺牲，因为爱情不是轻飘飘、孤零零的“山上一棵草”，它不是生活中唯一的东西。人们生活中少不了爱情，但决不只是为了爱情而生活。无论爱情在生活中的地位如何重要，它还是离开不了一个人不可避免的社会责任、道德责任以至法律责任。对于一个革命者来说，还离不开对革命事业的责任。

歌德说，“不要自私，尤其对所爱的人不要自私”。哪里有真正的爱情，哪里倒是爱情随时可以作牺牲的地方。“若为‘爱情’故，一切皆可抛”，那只是禽兽私心，而不是真正的爱情；是“禽兽私心至上”，而不是“爱情至上”。

唯其人格高尚，才有深挚的爱情。唯其爱情深挚的人，最少禽兽私心。林觉民在给妻子的《绝命书》中说，“吾充吾爱汝之心，助天下人爱其所爱，所以敢先汝而死，不顾汝也。”革命者为“天下谋永福”而甘愿牺牲自己最宝贵的东西，包括生命，也包括爱情和爱情生活的幸福。爱情绝非“至上”。“爱情至上主义”似乎有，其实是没有的。

1983年1月

原载《文汇月刊》

职位和胆量

“职位越高，则有胆量者越少”。这是德国军事学家克劳塞维茨一个著名的论断。这一句似乎“不逊之言”，写在他的《战争论》上，其实也并没有半点“犯上”的恶意，倒是老实说了多年身为统帅的甘苦。他的意思，简括说来有这么几点：

将帅的职位越高，则对他的智慧、能力和决断毅力的要求也越高，他所处理的“涉及个人牺牲的问题就越少，涉及他人生存和全体安危的问题就越多”；

智慧和能力并不一定随着职位的提高而提高，这样，职位越高的人受到责任的压力也就越大；

因而，职位越高的人，就越是需要深思熟虑的智力来指导他作出某种决断的胆量；

胆量作为一种“激情”，经过深思熟虑，一定有所退怯；

因此，处于高位的人，有胆量的反而较少：唯其如此，有胆量的领导者更加值得我们的叹赏。

这些见解，堪称精辟、深刻、独到。恩格斯和列宁都曾经赞誉克劳塞维茨精通辩证法，不是无所据而云然。

可是翻翻历史，看看现实，我又觉得，以上所论只是情况的“正面”，“反面”呢，几乎可以说，它同“正面”一样的多。克劳塞维茨的理论，只是说明了事情有时如此，应当如此，却不是必然如此。

从“反面”的情况看，也可以作出这样一个论断：职位越高，则有胆量者越多。那是因为：

有些人往往认为自己的智慧、能力和作出决断的本领，总是随着职位的提高而提高；

事实上，作出判断和决断的权力（注意这里说的是权力，不是能力）也总是随着职位而增大，这种权力受到的制约和阻力因之也越小；

处于高位，又同实际和群众拉远距离，则据以作出决断的事实材料更加抽象、简单；

处于高位的人作出的决断，人们持异议也较少；职位越高，异议越少，从而自信倍增；

又正是由于“涉及个人牺牲的问题”少了，处于高位的人在作出决断的时候，更少犹豫和顾虑；

因此，职位越高，“胆量”越大。唯其如此，那些能不陷于主观主义，脚踏实地，深思熟虑，“胆量”这种激情有所“退怯”，因而慎重从事的领导者，更加值得我们的叹赏。

以上云云，也符合客观的辩证逻辑吧？历史和现实的事例真是太多了，不胜枚举；经验和教训俱在，这里无须多费一词。

克劳塞维茨也曾同时论及优柔寡断之害有时甚于缺少胆量和决断。这里所以略而不谈，是因为很久以来，我们身受主观主义的“胆量”之害，要比“优柔”之害大得很多很多。难道不是这样吗？

1983 年 4 月

原载《上海盟讯》

“铁饭碗”与官僚主义

《国务院工作人员守则》中有一条提到“勇于同不良倾向作斗争，特别要同官僚主义作斗争”。这个“特别要”，强调得好，确实是当务之急。

法国《世界报》最近刊登昂里克·罗德写的一篇文章，叫做《官僚主义折磨着法国》。可见官僚主义这个东西，并非我家独有，尽管此物有“延安”或“西安”的本质区别，然而其折磨着一个国家，成事不足，败事有余，则大概是古今中外，并无二致的。

罗德在文章中说到官僚主义机构的两大弊病，一是不了解自己的工作效果；一是不因工作错误而受到惩罚。至于“弊病”所以产生的原因，说来简单：由于很多部门具有“垄断性”，在大多数情况下，公众只能是“没有选择余地的顾客”。

在我们这里，事实不也是这样么？你只能到我这里来“批准”，你只能到我这里来“请求”，或者你只能到我这里来“申诉”等等，因此我就有权“折磨”你；即使我“折磨”着你，你还只能到我这里来。

因此，“守则”之类虽然很重要，而最重要的还是要改变这个“没有选择余地”的情况。机构不能随意选择，人是可以选择的。人民群众应该有权选择什么人为自己服务。对于不能很好为群众服务的工作人员，应该有切实可行的适当的处理办法（包括撤换的办法）。总之，不能让国家工作人员拥有“铁饭碗”，否则，他们自立于容不得别人“选择”的地位，就不可避免地会滋生出官僚主义。

米歇尔·考纪埃在《官僚主义现象》一书中说过这样的话：“什么是官僚主义？官僚主义是一种不能够从自身所犯的错误中吸取教训，改正错误的制度。”他讲的是生命力已经衰颓的旧制度。生命力旺盛的社会主义制度绝非如此，它是能够从自身的不断改革中不断改正错误并且不断完善起来的。

1983 年 5 月

原载《新民晚报》

项羽“学书不成”之后

楚、汉相争，当时形势，双方都有可能克敌制胜，而楚霸王项羽的这种可能性又要比汉王刘邦大得多。率天下义兵灭秦，项羽功居第一；入据关中，楚精兵四十万，数倍于汉军；项羽几乎百战百胜，刘邦多次败北奔亡，仅以身免。然而结果却是汉胜楚败，项羽终至于挥泪别姬，末路自杀，结束了他那“短而粗的一生”。

项羽失败的主要原因何在?

他的对手说他不会用人。刘邦自称（事实上也是）能用人。他说，张良、萧何、韩信这样的人杰，“吾能用之，此吾所以取天下也。项羽有一范增而不能用，此其所以为吾所擒也”。

曾在项羽部下，后又助刘邦打败项羽的韩信说得更确切。他对项羽的评论，可以概括成十六个字：匹夫之勇，妇人之仁，失天下心，其强易弱。

为项羽作传记的司马迁则说他过于自信和自负，“奋其私智而不师古，欲以力征经营天下”。“不师古”，用现在的话说就是不懂历史，不肯向古人学习。又自以为可以凭借武力征服天下，但天下却不是单凭武力就可以征服的。

“知己莫若友”，其实也可以说“知己莫若敌”，刘邦和韩信对项羽确实了解得很透彻。司马迁不以成败论英雄，深深同情这位“亘古以来未之有也”的非常人物，也不掩其短，对他的评价公正。其他关于刘、项成败原因，众说纷纭，但从过去到现在，大体上都没有逸出上述范围。

那么，不知道借鉴历史经验，不会用人，有勇无谋，专尚武力等等，这些毛病又为什么独独发生在项羽身上？

《史记·项羽本纪》上有一段记载：“项籍（羽）少时，学书不成，去学剑，又不成。项梁（项羽的叔父）怒之，籍曰：‘书，足以记名姓而已。剑一人敌，不足学。学万人敌。’于是项梁乃教籍兵法，籍大喜；略知其意，又不肯竟学。”

我以为毛病就出在这里——不肯认真读书学习，一知半解，中途而废。因此不学无术，眼光短浅，不知机谋，迷信武力，不善用人——用的也多是同他一样不学无术的武人。

流氓出身的刘邦，不也是不学无术吗？然而，他善于引人之长补己阙，得天下英才而信用之。这一点却正是项羽没有做到的。

1983 年 6 月

原载《新民晚报》

从白发谈起

碰到久未晤面的老朋友，握手叙旧，白发常常是个话题。一个说：“唉，老了，头上白发多了。”一个安慰说：“哪里哪里，我头上才多着呢！”说着说着，相视苦笑，未免有点黯然。时间确实是永恒的胜利者。即使是向着这样一位胜利者递上请降书，自称“老朽无能，计穷力竭，伏地顿首，乞假以时日”——云云，如放进档案袋去见马克思，也是不会给自己增添光彩的。

人类如果总是屈服于自然，不去努力抗争和索取，也就不会有进步。比如说，眼前的电灯就不会有。那么，这时候我就只有在荧荧欲灭的油灯下写这几行字了——或者竟连油灯也没有，凿壁也无从偷光，只好去钻木取火，囊萤映雪。

“小乔初嫁了，雄姿英发”，后来白头相对，这是自然规律。但又有什么可叫人意气消沉的呢？夕照不是同早霞一样奇丽，令人赞叹神往的么?

《共产党宣言》上有一段话讲到各个社会阶级的消长说，其他阶级都在分化，只有“无产阶级是大工业本身的产物”，队伍在不断扩大。单从数量上说，这个队伍不断壮大的规律，似乎也适用于老人。

古人四十几岁就死掉的不算夭折，还要说是“寿终正寝”。五十左右就自称“老臣”，要“乞赐骸骨”，“谢归田里”了。像范增那样年过七十而“尚欲依羽以成功名”，千百年中算不出几个，而且还成为大文豪苏轼作文讥评的话柄。“廉颇老矣，尚能饭否？”其实他那时不过六十岁。那时候人的寿命大多不长，年纪大一点就这样叫人不能放心。旧习俗陪嫁物中竟有寿衣寿器，大概就因为红颜与白骨相去不远。有个材料说，在奴隶制时代，人均寿命只有 20 岁；中世纪封建制时代，人均寿命 30 多岁。随着社会进步，人的寿命也延长了。我国解放前人均寿命只有 35 岁，1975 年为 57 岁，1980 年为 69 岁。老年人在人口所占比重不断增长。老人的队伍是在“不断壮大”呀!

人类生活境况不断改善，人类的寿命还要延长，这是文明进步的一个重要标志。像王勃、李贺、莫扎特、雪莱、聂耳等等这样一些天才，竟然活不到某种动物的年龄，“回也不幸短命死矣！”这才是人类的憾事。

“岂有豪情似旧时？花开花落两由之！”这是有感而发。事实上，鲁迅的战斗精神是老而弥旺的。在社会各项事业中，都少不了有老人在那里担负着承前启后的重任。相对来说，老年人见多识广，老马识途。顾问少不了他们，传道授业解惑少不了他们。人类在前进的道路上，也要老人带路。火种总是一代人一代人传下来的。试想，如果全社会60岁以上的老头子一下子通通闭目养神，一切不闻不问，那后果之严重，恐怕不小于青壮年全体总罢工。那时候大家就只好推派代表去三顾茅庐，涕泣而云“父老先辈不出，其如天下苍生何”了。

人们常说，未来属于青年。其实，也不是说老年就全然无份。现在的青年就是未来的老年；未来的青年又是未来的未来的老年。世世代代，都是白发和黑发共有的天下。在建设文明大厦的大军中，老年人的作用哪能低估？

1983年9月

原载《中国老年》

从鲁迅著作的错字想到

鲁迅先生著作上的错字，先前似乎没有人提到过。那是因为我们读书、编书不够严谨呢，还是因为鲁迅是大家所尊敬的权威？也许两者兼而有之。林辰同志在《精当的意见　谨严的学风——叶圣老审阅鲁迅著作注释稿述例》（刊于《读书》1982年第十一期）一文中提到了叶圣陶先生严谨、实事求是的工作作风。鲁迅著述千万言，在他那浩无涯际的字海中发现几个错字，当然丝毫无损于先生的日月之明。可是这个道理却不是什么时候都行得通的。我们也见过另一种名家（自以为名家者），谁对他的大作提点意见，他便立刻“恨恨地磨墨”，写出许多尖酸刻薄的话来，进行“无情的还击”。如此以求“树立权威”，岂不谬哉！

对名家、权威著作中的即使微乎其微的小疵，也要一丝不苟，不为贤者讳。小处如此，大处当然更应取“吾爱吾师，吾尤爱真理”的态度了。前几年学术界有人对郭老的《李白与杜甫》提出一些异议，我以为那正是重新倡导百家争鸣之后的好风气。陈寅恪是名闻天下的史学大师，李一氓同志最近就提意见说，陈的“三大本一部《柳如是别传》写得琐碎不堪。如简洁明了，三大本可以减缩为一本，依然会立意晓畅，论证精辟”（《再论古籍和古籍的整理》）。对名家著作也要敢于评头品足，好就说好，不好就说不好，实事求是。一味叫好，把名家、权威视为不可逾越的界限，无助于学术、艺术的进步。在真理面前，也应该同在法律面前一样，人人平等。对名家肆意践踏，视之若粪土，那当然是绝顶的愚昧；但若奉权威如尊神，伏地顿首出血，牙缝里不敢吐出半个不字，也何尝不是走向愚昧的第一步。

1983 年 9 月

原载《社会科学》

把心赤裸裸地掏了出来

——读巴金《序跋集》

英国文豪狄更斯不大赞成写序言之类的东西的，他说，好比你要走进戏院的时候，有人在门口拉住你唠叨个没完，这多讨人嫌。我不知道别的读者是不是赞同这个意见。而我每读一本书，却总要先读序言或后记。如果一本书没有序或跋，总觉得缺少了什么，好像人家送我一束花却没有一片叶子。

其实狄更斯就常常在他自己的小说前前后后动笔。他的《大卫·科波菲尔》前记上有一段话，大意是：作品是作家血肉的一部分，是他亲生的孩子；正像人们在自己心爱的孩子中间总有最宠爱的一个，“我最宠爱的孩子就是《大卫·科波菲尔》了”。为什么呢？多读几本狄更斯的著作，就会发觉，实实在在的，在《大卫》一书中，作者是倾注了最多的感情的，“最宠爱的”，正是肺腑之言。

可见，在序跋上面，往往可以（当然并不是一定）听到写书人的心里话。作家当然比任何高明的批评家或读者更了解自己曾经体会过的甘苦，怎样想过，怎样笑过和哭过。如果作家又愿意把这些一并告诉读者，他就会在序跋上面写了下来。读巴金著作的序跋，我就常常有这样的感觉：作者确实是在同读者讲心里话，“好像是对亲近的人讲个人的秘密”。

现在，巴金编出一本《序跋集》来了。他自己说，编辑这本书好像是回过头走了54年的路，兴奋，思索，回忆，痛苦，为他的写作生活作了“彻底的交代”。他说，《序跋集》是他真实的历史，在这里，他“把心赤裸裸地掏了出来”。有那么一段时期，真诚这种品质成了稀有金属。然而在巴金的作品里真诚却像“红的星，绿的星，白的星——”，在蔚蓝的天空里闪闪发光。作家自己说，“我写小说，第一位老师就是卢梭，从《忏悔录》的作者那里我学到了真实，不讲假话”。这也许就是巴金的作品所以具有特殊的魅力吧。

巴金说，“我的每篇作品都是追求光明的呼号”。在雨过天晴之后，我们不幸又经历过一个“用谎言供奉神明”的时期，因而在这本《序跋集》上，我们又听到发自一颗真诚的心的痛苦的呼号。有人说，专制使人沉默。但是沉默仍然不失为一种权利。殊不知在“全面专政”下面，人们不但没有说话的自由，有时竟没有不说话的自由。几十万字的“思想汇报”和“检查交代”，就是丧失沉默的权利的产物。然而，巴金终究没有编造假话欺骗读者。错就错了，决不隐瞒掩饰，也不自命一贯正确。他有一颗真诚的心。

巴金在《序跋集》的序上说，“——我想不通为什么有人那样喜欢风。风并不总是朝着一个方向吹，它有时向东，有时向西。我头脑迟钝，不能一下子就看出风向，常常是这样：我看见很多人朝着一个方向跑，或者挤成一堆，才知道刮起风来了”。又说，“我不能说从此不再怕风，不过我也绝不是笔记小说里那种随风飘荡的游魂”。作者谈的是自己的感受，然而，我们读到这里，能不引起感慨和深思吗？如同作者所说的，现在，春天已经来了，春天里有生机盎然的风。真诚的人热爱这春天的风，然而那种“随风飘荡的游魂”毕竟是做不得的。

1983 年 3 月

原载《新民晚报》

“读圣贤书，所为何事？”

现在人们都在说知识分子的长处，我却想到了他们的短处。宋朝的“知识分子”毛滂《上苏内翰书》上有一段话：“某少知读书，顽然朴鲁，闻道甚浅，然其所学则周公、仲尼之道，非进取之道也。古人今人，前辈后辈，某不知孰重孰轻，从其是者而已”。话好像说得轻松，其实是牢骚，愤世嫉俗，溢于言表。那时候，是有许多读书人，把圣贤之道，拿来做“进取”功名富贵之道，用现在的话说，叫做“实用主义”；所是所非，常常取决于人之“轻重”，也就是“看来头”。读书明理，但这个理并不一定身体力行，这大概可以算是古今知识分子的短处吧？

文天祥就义前，曾经写下几句掷地有声的话。手头无书，难以查考，记得是“读圣贤书，所为何事？而今而后，庶几无愧。”所为何事？这一问问得实实在在，支吾不得，而能像《正气歌》的作者磊磊落落地回答，心无愧怍，这样的读书人并不是很多的。

秦桧要不是把圣贤书读得滚瓜烂熟，如何中得了状元？可是中原沦丧，二圣蒙尘，国族之耻，君父之仇，他统统给忘记了。江左偷安，力主和议，还同老婆在东窗下密谋如何陷害抗敌的英雄。这些都是圣贤书教的么？当然不是。但秦桧还算老实，韩世忠追问为何杀死岳飞父子，他尚知理屈，只得含含糊糊应了一句“莫须有”。要不然，这位一肚皮圣贤书的状元，难道不会子曰诗云，讲几千言以至几万言的大道理来为自己辩解么？就像别的读书人常常做的那样。先前看过多尔衮致史可法书，据说捉刀人是江南有名的才子李某。真所谓“盗也有道”，什么满清入关杀“贼”是为中国士大夫“报君父之仇”，据有天下“乃取之于闯贼，非取之于明朝”云云。看来，圣贤书似乎只教会这位才子讲歪理如何讲得振振有词。人家在毁家纾难，他却在那里挖空心思，舞文弄墨，代入寇的新主子起草招降书。“读圣贤书，所为何事？”假如那时有人去责问，他一定会讲出“天命所归”咧、“苟有用吾者”如何如何咧这些话来的，他总能从圣贤书上找到自己的“理论根据”。这样的才子，从前有，现在也不少。他们把书用“活”了，通权达变，刮风有刮风的道理，下雨有下雨的道理，指鹿为马有理，三三得五也有理，左也有理右也有理。半部论语治天下，一部经典著作够用一辈子的了。当然，言过尧舜，行若桀纣的别种人物古往今来也有的是，并非读书人和才子的品行特别不好。

《儒林外史》上的马二先生有一番议论说，春秋时代以言行取士，故孔子讲“言寡尤，行寡悔，禄在其中矣”；唐朝以诗赋取士，因此那时候的读书人都会做几句诗；本朝以文章取士，“就是夫子而今，也要念文章做举业，断不讲那言寡尤，行寡悔的话。何也？

就日日讲言寡尤，行寡悔，那个给你官做，孔子之道也就不行了”：这正就是以圣贤之道为“进取之道”。但这样说，这样做，似乎也不悖于圣贤之教，《论语》上不是有“学而优则仕”、“我岂匏瓜哉，焉能系而不食”的话吗？读书人确实不是神仙，无法靠吸风露餐云霞过活，当然非做官吃俸不可。从前道学家常常教训妇女“饿死事小，失节事大”，而他们自己呢，行的却往往是“失节事小，饿死事大”。

读圣贤书，所为如何，那结局也总不同。文天祥们演的多是悲剧，马二先生们演的多是喜剧。然而，在历史的舞台上，如果没有文天祥、史可法，只剩下马二先生、江南才子之流在唱主角，那还有什么惊心动魄，可歌可泣？让特级教师来上这种毫无光彩的历史课，学生也会要打瞌睡的。那么历史也不再是爱国主义的教材，而只能拿来当做“谋生方略”或“处世哲学”了。

学马列主义，所为何事？现在把马列主义之道当做“进取之道”的有没有呢？言必称马恩列斯毛，奉行的却是实用主义，这种人已经很少了么？从前“批邓”，下笔千言，而今学习《邓选》，也仍然是倚马可待，据说这号人在有些地方仍是得到优容，运气并不坏。但是，你敢说，“而今而后，庶几无愧”么？

人们多说知识分子的优良传统，这里却提起了这个并不优良的传统，请勿以笔者之意只在煞风景为幸。

1983年10月

原载《上海盟讯》

官僚与国运

不久前看到一篇文章，引证《通典》和《续通典》中记载的中国历朝官员的数目：东汉 7569 人，晋 6836 人，隋 12576 人，唐 18805 人，北宋 24000 人。每十万人拥有官吏的数目是：东汉 13 人，晋 42 人，隋 27 人，唐 35 人，北宋 51 人。官员之多，北宋位居榜首。那么北宋是不是“人多好办事”了呢？

然而，事情恰恰相反。大家知道，有句老话，叫“盛唐衰宋”，指的是唐朝开疆拓土，国力强盛；而有宋一代则国力衰微，外患频仍。从北宋而南宋，统治阶层大多腐朽无能，丧权辱国的事特别多。被北宋灭亡的南唐李后主曾哀叹：“最是仓皇辞庙日，教坊犹奏别离歌，挥泪对宫娥。”曾几何时，泪水的咸味，北宋的统治者尝得更多。

那么，众多的官员，庞大的官僚机构，同宋朝的国运，是不是有点关系呢?

当然，仅仅从官员的数目，不足以说明这就是坏事。不幸的是众多官员中大半是冗官、闲官、昏官，滥竽充数，成事不足败事有余之辈。北宋官制的特别之处是实行“恩荫制”，即在职官员可以荫其子孙、亲属以至门客做官；“恩荫”的范围视官位高低而异，大官僚可以荫及二三十人。若是皇亲国戚，则“恩荫”更广，以致对坟墓中的死人，襁褓中的婴孩都可以封官赐爵。官多位少，便因人设事。虚立机构名目，尚不足配置，便在“正官”之外，安排了许多等着补缺的冗员。这类官员人数越多，越是灾难。问题还不仅是徒耗国帑，可叹的是官场上有扯不完的皮，做不完的戏。好像苍蝇多少标志着卫生水平一样，官员多少竟成为政治兴衰的徵象。宋徽宗赵佶在位时，官吏人数比宋太祖开国时猛增十倍。然而这位书画绝伦的太上皇，竟逃脱不了同宝贝儿子宋钦宗一起被金兵俘虏到苦寒的毡帐里去的下场。

宋朝也有过一些头脑比较清醒的君臣，励精图治，试行改革，但都没有成功，无法克服这个不治之症。王安石变法失败，便是败在这个庞大的官僚机构上。官僚主义是专制制度的合法产儿，它一生下来就患了“疯长”的“巨人症”。列宁把旧社会的官僚制度比作是一座几乎无法通过的黑森林。经过一层层官僚的折磨，良策变成弊政，宏图化为画饼，以好事开始，却以坏事告终。

写到这里，看到报纸上一则新闻。说的是广州卷烟二厂原副厂长张英因受贿 8 万多元，被判处死刑。由于他收受贿赂使国家造成的经济损失达两百九十七万六千九百美元。请掂掂这笔“四化”建设资金的分量吧！数百万美元的交易，任凭张英一伙擅自决定；主管部门在案发以前，竟没有人认真过问；甚至有关部门多次打招呼，敲警钟，指出其中有弊，竟亦没有多少人听得进。衮衮诸公光会画圈圈、签意见。多么令人痛心呀！

历史不能比拟，但可以借鉴。邓小平同志讲到我们的官僚主义现象时说：“官僚主义是一种长期存在的复杂的历史现象。我们现在的官僚主义现象，除了同历史上的官僚主义有共同点以外，还有自己的特点，既不同于旧中国的官僚主义，也不同于资本主义国家中的官僚主义。”（《党和国家领导制度的改革》）又说：“精简机构是一场革命。如果不搞这场革命，让党和国家的组织继续目前这样机构臃肿重叠，职责不清，许多人员不称职，不负责，工作缺乏精力、知识和效率的状况，这是不可能得到人民赞同的”，“我们要坚持社会主义道路，要坚持实现四个现代化，能够容忍这种状况继续下去？”（《精简机构是一场革命》）

真的，我们能够容忍这种状况继续下去吗？

1984 年 3 月

原载《中国老年》

“打板子”遗风

不知道这是哪个朝代兴起的规矩：奴仆告主人，属吏告长官，老百姓告出门有人“喝道”的太爷，无论是非曲直，都先要问“以下犯上”之罪，打几十大板再说。然而，打板子的规矩，现在真的完全不行了吗？

查遍中华人民共和国的成文法，都不见有“以下犯上罪”，可是“不成文法”上却似乎有。邓小平同志在讲到党内不正之风的时候说，“革命队伍内的家长制作风，除了使个人高度集权以外，还使个人凌驾于组织之上，组织成为个人的工具”。这一类“个人”“常常以‘党的领导’、‘党的指示’、‘党的利益’、‘党的纪律’面貌出现”，因此是触犯不得的。批其逆鳞，罪莫大焉。就此降级降职，开除党籍，捉将官里去，倒也罢了，但更多的时候不是这么明来明去，如对你“加强领导”、“另有任用”等等，而且树的是“组织”的大旗，居高临下，叫你无法招架，“哑巴吃黄连，有苦说不出”。这正是衙门里把人按下“打板子”的遗风，只不过“板子”的花样翻新罢了。

据说，从前有位钦差大臣审批处决人犯，批到一个案子，正要落笔，架上的鹦鹉忽然扑下来，把他手中的笔扑掉，如此再三，老爷省悟，仔细审查，才发现这是一起冤案。这故事当然是从前老百姓的创造。既无望于官僚，遂寄情于禽畜。可惜实际上的鹦鹉却没有这般灵性，缺少正义感，只有一种学舌以取悦主人的本领。这个故事，是在读了报纸上揭露的一些冤假错案之后想起的。某些同志处理别的物事，有一种令人叹服的涵养功夫，大有“铁杵磨成针”的耐性；可是处理人的问题，有时却又不假思索，极有决断。听到一点反映或“揭发”就马上做结论写报告；看到报告就马上挥笔批示：“检查”“查办”，急急如律令。在这当口，本该有一只神奇的鹦鹉来救人的，然而没有。这里有的仍是旧时代那种高高在上的长官太爷的遗风，是非曲直还没有认真弄明白就先来“打板子”的遗风。

“板子”并非绝对不可以打，把事情调查清楚了，再打也不迟。可是说到“调查”，遗憾的是有些作“调查”的同志，往往先就执着一种信念：“领导”（何况又“代表着组织”）总是有理的，位高权大者，真理总是比官卑、无权的大，于是铁鞋踏破，也不过是去“落实”领导的意图罢了，哪能实事求是，调查出真相来。反正“只有阿Q错了，衙门是不会错的”。

法律规定被告人有辩护权。党章规定，对党员作出处理要先听取他说明情况和申辩。然而有些人不知法律和党章，在他们看来，本人申辩不是一种权利，而是态度不好的表现。被“调查”，被写进“报告”或“公函”或被“处分”的同志，往往挨的是冷枪和暗箭，好比不管三七二十一即被按下打板子也。

“打板子”遗风，是封建主义的遗风。党风整顿，制度改革，都要清除这个遗风，可是，不摆长官架子，不滥用权力，不自居特殊，凡事出于公心，不夹私怨，从善如流，实事求是，说说容易，做到却难。我们有些同志，可真要有关云长刮骨疗毒的精神才好！

1984年3月

原载《民主与法制》

浪费这个词

什么是词？语法书上说："词是能够独立运用的、最小的语言单位。"

那么，在"浪费"这个"最小的语言单位"里，却容纳着最大的混乱。

可不是么？陈叔宝后宫夜夜灯火，"锦帐郎官醉，罗衣舞女娇"，人们管它叫做浪费；严贡生临死伸着两个指头不肯闭眼，因为油灯上点着两根油芯，他舍不得"浪费"；然而"只恐夜深花睡去，高烧银烛照红妆"，又无人以为是浪费了。贾府上一碟子茄鲞，原料要十几只鸡来配，人们说是浪费；乡下老太太心痛掉在地上的几颗饭粒，她认为那也是浪费。爱惜一滴油、一寸布，否则就是浪费；上千上万地让国家财富白白流失，也不过说是浪费。

查一查《辞海》，“浪费”的解释是“滥用”。一分一厘同成千上万都犯了这“滥用”二字？这个尺度的“弹性”可大了，因而也说不上准确。别的词似乎就没有或者少有这种弊病。比如说，“贪污”，辞典上的解释是“指工作人员利用职务上的便利，侵吞、盗窃、骗取、套取国家或集体财物，强索他人财物，收受贿赂及其他假公济私、违法取利的行为”，所指界限清楚，尽管有情节和程度的区别，但定性准确，不易混淆。又如“奢侈”，意义明白，在实际运用上，分寸也容易掌握。一饭千金是奢侈，偶或叫几个菜，喝几两酒虽然也是可以节省的，但人们不会说他奢侈。

“浪费”这个词，可就是缺点太多了：内涵不清，定性不准，轻重不分。慷公家之慨的，大手大脚乱批条子的，瞎指挥返工窝工的，搞“胡子工程”的，盲干不讲经济效益的，外行办事不断“交学费”的，忘记关上水龙头的，用公款买一斤茶叶的，让几十万斤苹果烂掉的都顶着同一个名字，叫做“浪费”，各挨五十大板，一个不多，一个不少。于是“浪费”千百万的同“浪费”几角几分的，“自我感觉”竟然相仿佛，写起检讨来“口径”也差不多。理论上虽有“浪费是最大犯罪”之说，实际上当事者不以为痛，不以为耻，不以为惧，旁观者也等闲视之，虽然其危害甚于贪污和奢侈，但往往为习俗所宽容，逍遥法外，日子并不难过。

这也就是浪费现象生生不灭，成为我们经济生活中一个无法断绝的灾难的原因吧？

孔子曰："必也正名乎！"为了更快实现现代化，对于"浪费"这个词，难道不该认真地来讨论一下，以求正其名而救其弊吗？

1984 年 5 月

原载《新民晚报》

莫学乱箭射草船

星期天在朋友家里聊天，座上有位同志，大概对报刊工作者“积忿”甚深。知道我也是干这一行的，便老实不客气地把意见吐出来。他说，往往看到报刊上批评三大员（售票员、服务员、营业员）时，指名道姓，不假辞色，只讲真理，不讲面子；而批评官僚主义者呢，那就慎之又慎；而且避实击虚，什么“有关单位”、“有关部门”、“有关方面”。“有关”者为谁，人莫知其机关与姓氏。在“官僚主义”这株大树下面，尽管慷慨激昂，但连人影也不见。这好比乱箭射向诸葛亮的草船，活人一个没有挨着，谁也没有切肤之痛。“三大员”与官僚主义者相较，其危害性质孰轻孰重，则不辩自明，但不知为何责彼甚严，待此则宽？

这位同志的批评，不无道理。前些时候，报载广东省的烟叶诈骗案，国家损失297万美元，除直接有关案犯依法处理外，记者说：“我们进一步剖析案情之后，发现案件之外还有一种看不见的‘罪人’，这就是某些领导机关和领导干部的严重官僚主义。”你看，罪人加上引号，而且是“看不见”的，又是在“案件之外”，又是“某些机关”、“某些领导”，云龙雾豹，隐而不现。冤无头，债无主，找谁去好！

这“罪人”到底存在不存在？够格不够格？《刑法》第一百八十七条规定：“国家工作人员由于玩忽职守，致使公共财物、国家和人民利益遭受重大损失的，处五年以下有期徒刑或者拘役。”国家损失 297 万美元，还不够严重吗？这些只知道画圈圈而给盗窃犯、贪污犯、诈骗犯开通行证的负责干部，难道还够不上渎职罪吗？这些人不该算在“案件”之内，不该站到被告席上去吗？报刊为什么不可以公开点一点他们？

报刊上旗帜鲜明地批评官僚主义和官僚主义者，现在多起来了，群众由此增强了对整党的信心。但过去常见的，打小猫是真刀真枪，碰到老虎则一味鼓噪，放放空炮。有的一轰而罢，神龙见首不见尾。孔明骂死王朗，无疑的是小说家的夸张；指望不点名就骂死的官僚主义者，那是太天真的想法了。

当然，我并不是说报刊可以凭着自己的“权威”，随便点名。要点名，必须以确凿的事实为依据。但是，点了名也不见得一骂就“死”。马雅可夫斯基在一首诗里说，“要像狼一样去咬断官僚主义的喉咙”！无产阶级诗人的强烈憎恨之情，不是无缘无故的。官僚主义者误国误民，谁都知道，但能不能切实有效加以制服，也是当前整党成败的一个标志。报刊是党和人民的耳目，在充分掌握事实的基础上，就要拉弓如满月，准射天狼，不为当权者讳，不学曹营中的那些糊涂官兵，乱箭射草船，白忙了一阵，让“官僚”们在旁边窃笑！

1984 年 5 月

原载《新民晚报》

说真话的自由

春天姗姗来迟，但春天终于来了。

在漫长的岁月里，我们曾经亲历过一次又一次批判斗争。每一次，总有大批的人前来义形于色，参加口诛笔伐。其中大部分是组织来的，连那“义形于色”也是“组织”出来的。在这一出出戏中，又特别编派一些同被批斗者较亲近的人担任主要角色。这就往往使喜剧带上一点悲剧的色彩！

勉强一个正直的人说违心话，尤其是勉强他违心地编造诋毁自己、自己的同志和朋友的话，那是一种怎样的折磨啊！那确实是好人受折磨的时候。

沉默啊沉默，固然使人气闷，但有时候沉默竟是一种求之不得的权利。我们曾经渴望说话的自由。可是我们又曾经多么渴望不说话的自由。由于人们丧失了不说话的自由，“一律的舆论”便充斥着许许多多假话、空话，装腔作势，言不由衷，见风使舵，人云亦云。这是一种灾难，而且又是更大灾难的一个重要成因。

我们首先要有不说话的自由，然后才会有说真话的自由。我相信，这样的自由时刻已经随着春天到来了。

“说真话的自由？！那么反党反社会主义的真话也可以自由泛滥了？”假如仍有这样的指责，我不感到意外。一提到自由，就有人说你主张不遵守交通规则；一提到按劳取酬，就有人问你：“那么下水救人也要索取报酬吗？”如此等等，近年来也不鲜见。

人们有权利作牛头不对马嘴的争辩，也有权利不去奉陪这种牛头不对马嘴的争辩。

要紧的是说真话，要紧的是有说真话的自由。春天已经给我们带来这样的希望和信息！

1985年2月

原载《联合时报》

有感于“毫无怨言”

报载某单位组织吸收一位知识分子入党，讲到他的优点，其中一条是：受过委屈，领导长期不给解决，但他“毫无怨言”云云。怀才不遇，无端被歧视冷落，吃冤枉官司，或受到别的种种不公正待遇而“毫无怨言”，这算是一种“优点”，由来已久，人们似乎一向并无异议。

物不得其平则鸣，人不得其平却不作一声，这是先贤教给我们的“恕道”？从历史上看，其实多半是权衡利害得失的处世哲学，或者说，是吃了许多苦头之后悟出来的做人道理。孔子说，“不怨天，不尤人”，如果你以为他是“无怨”的典范，那就错了。接下来一声“知我其天乎！”不也是牢骚？从前没有高速公路，老夫子在牛车上颠得头昏脑涨，风尘仆仆，到处碰壁。他感叹地问弟子说：“吾道非耶？我何为至此？”子贡回答说，老师主张的那个“道”大概不合时宜了，考虑变通一下吧。孔子听了很不高兴。颜回则说，

“夫道之不修，是吾丑也。夫道既已大修而不用，是有国者之丑也。不容何病，不容然后现君子！”这番话拿到秦皇汉武时去说，无疑是犯上之论。然而孔子听了很赞赏，认为他讲得对。那时候，列国相持，争相罗致有才能的士人，政治上比较开放，对于牢骚和怨言，是不很计较的。然而天下一统之后，态度就两样了，焚书坑儒，无非要堵住知识分子的嘴。《文选》上有一篇《报孙会宗书》，作者杨恽是司马迁的外甥，他发了一通讽怨，痛快是痛快了，但后来有人到皇帝面前告了密，招来杀头灭族的结局。就这样，一代代口舌之祸，文字之狱，人们渐渐学乖了，学会把到了嘴边的话又吞了回去。还有更彻底的，在吃冤枉官司的时候还要叩头谢恩，“天皇圣明，臣罪当诛”，把满肚子幽怨都压到脚底心去。

不幸的是，在新社会的几十年里，“怨言”有时仍是一种很可以上纲上线的东西，一句牢骚，成为档案上永久的黑点，运动来了，可能被提炼成“反党反社会主义”的大罪名。是否有过“怨言”实际上成了某些领导评价知识分子的一个政治标准。在这样的“历史条件”下，人们的“毫无怨言”，到底有多少出于忠诚，有多少是自我保全的策略？是美德？是离心？这就不是三言两语可以说清的了。然而，即使是一种忠诚，作为领导者，不问自己的过失，只问人家是否忠诚，却实在专制得可怕。美言未必出自肺腑，怨言却肯定是真话，而且大抵是直话、实话。直话和实话听得太少，难道不正是大大小小的历史悲剧得以发生的重要原因之一么？

有人受到错误的处理或者不公正的待遇而“毫无怨言”——不

能算是社会主义民主的象征吧？也不能认为，只有在受了委屈时“毫无怨言”才是热爱和信任党的表现吧？落实知识分子政策，一面又似乎要继续发扬“毫无怨言”这个“优点”，岂不是有点“南其辕而北其辙”？

1985 年 6 月

原载《新民晚报》

可怕的是“围观”

令人发指的“5·29”流氓恶性案件案犯已被依法起诉，罪至法随，至此似乎可以大快人心了。然而，不，我以为可怕的不是几个流氓，而是一大批人的“围观”。

据6月8日晚报报道：“吴金祥一伙的恶行在当地造成了极为恶劣的影响。案发时，围观群众多达500余人，致使交通堵塞近2小时。”500余人作壁上观。几个流氓在光天化日、稠人广处、众目睽睽之下蹂躏一个弱女子近2小时，这不可怕吗？

500余人大概不是清一色的妇孺老弱病残吧？假定其中有1/3青壮，500余的1/3是170，又假定170中的1/10即17人路见不平，挺身而出，那四五个男女流氓即使三头六臂，能够肆意作恶近2个小时么？

我记起前几年报载，在某地，有位新闻记者同一伙歹徒搏斗，围观者百数十人竟无一个出来相助，致使这位年轻勇士寡不敌众，伤重致死。另一地方有个党员干部，当一位年轻女子为避歹徒纠缠躲进他家时，这位干部竟怕受“连累”，赶她出去，以致这位少女终于难逃被污辱的厄运……

前者是毫无心肝的看客，后者则竟是冷酷的帮凶了！

当然，现在的“500余”今非昔比。又读6月11日日报关于“5·29”案件的报道，其中说到“……他们的流氓行径，引起群众极大愤慨，不少群众纷纷上前指责……”。这样看来，“围观者”不乏仁人义士。然而，这“纷纷指责”的气势当时似乎没有煞住那伙流氓的嚣张气焰，受害者并没有及时得到解救，这仍是残酷的事实。

当坏人只信奉暴力的时候，好人却仍乞求于“正义”。坏人在行动，好人却只限于言语。大多数人的怯懦，遂使少数人成为羊群中的狼。但愿以后不再是这样！

据说，长期以来，执法部门有些同志对于侵犯人身权利的大小事件，往往处理不果断、不及时，并且失之过宽，非要到构成“重伤”，发生“恶性”，才来“充分重视”、“雷厉风行”，这其实是很失策的。决不能让目无法纪的人占到凡事“凶过头”的半点便宜，决不能让本来该是过街老鼠的倒成为过街老虎，人见人怕。否则，岂不是是非颠倒，抑善扬恶？风气是积习而成的，古人说，“星星不救，炎炎若何？”愿执法部门的同志垂察！

原载《新民晚报》

漫谈翻案

童话是写给孩子看的，但童话里有些情节，却只有大人心知其意。《爱丽思漫游奇境记》记一次荒唐的审判：被告人被指控写了一封作为罪证的信。被告人辩白说，信其实不是我写的，信上并没有我的签名。法官好像一下子抓住了把柄，得意洋洋地说："你没有在信上签名，这正好证明你心中有鬼，要不然你就会光明正大地签上你的名字！"孩子们看了，也许只觉得这位强词夺理的法官愚妄可笑，而我们曾经阅历过的事实，却要比这荒唐得多，严酷得多，苦笑之余，只觉得有一种说不出的辛酸。

在无法无天的年代，如果你企图翻案，在那个时候，就同企图复辟一样，是个大得很的罪名。自称代表"无产阶级的专政"的法官，包括造反派、"左"派、领导人等等，认定你有罪，你就不能无罪，认为你是什么东西，你一定就是这种东西，不容讨价还价，没有回旋的余地。就像张春桥说的，"某某某不是反革命，那我们就是反革命了”，真是“铁案如山”好比绞索在脖子上抽紧了，无法可想，甭想翻案。

不许翻案，也不许“企图翻案”，“企图翻案者没有好下场”，这流毒肃清了没有？手头有两封读者来信，一个是正在服刑的犯人，他说，被判刑时就觉得冤枉，但亲友劝他不要上诉，说申诉了弄得不好反而会加刑；现在他打算申诉，仍担心如被驳回，会不会因此延长刑期。还有一个已经刑满释放，但不服原判，想要申诉，来问如申诉不成会不会由于“不认罪”又去吃官司。有这种“余悸”的人，大概不是很少吧？

据《法律咨询》1985 年第一期刊文揭露，复旦大学学生沈林森回江苏省无锡县探亲期间，被认为犯了强奸罪，“在关押期间，由于不招供，被认为表现不好，受到加铐戴镣，时间长达两个半月，有时甚至给他戴上死刑犯或疯子使用的皮铐，以至多次昏迷”。上述事实，就是“不认罪”、“企图翻案没有好下场”的例证。而这也正是彻底否定“文化大革命”——这“彻底”二字确实不容易做到的例证。

法律规定公民有辩护权、上诉权和申诉权。辩护、上诉和申诉，就是“企图翻案”，这是公民权利，何罪之有？当然，企图翻案是一回事，案该不该翻，又是一回事。冤案错案当然要翻过来，一时翻不了，以后也会翻。不冤不错，但当事人或其他人等有异议，依法申诉，企图翻一翻，也完全合法。十年内乱中，视公民权利如粪土，什么辩护权、申诉权统统打得无影无踪。“企图翻案”者“从严处理”，实行专政，以致受害者饮恨吞声，冤沉海底。三中全会以后，拨乱反正，翻了许许多多的冤假错案，政通人和，民心舒畅。实事求是，错了就改，本来是每一个正直的人应有的品德，何况是做公仆的共产党人。闻翻案而色变，闻翻案而气急败坏，闻翻案而赶紧动用权力来高压，这又何苦？执法者不是圣人，即使是圣人，也不免千虑一失。办案办对了，仍闻异议，再来详察一下，有益无害，又何必视异议者如冤仇？办案办错了，依法改了就是，又何必自认为奇耻大辱，文过饰非唯恐不及，死要面子，硬扎台型，将错就错，“冤对”到底？有些人，若是这个案子是他办的，签过字的，点过头的，又要他来翻这个案，那真是难比登天，好像案子一翻，就损害了他的权威，影响了他的一贯正确，掀掉了他家的屋顶。别人含冤莫白，以至党纪国法，则于他如浮云。前几年，步鑫生曾经被认为“经济犯罪”，差点要吃官司。这个案能够顺利地翻过来，原因之一就是那里的负责同志胸怀坦荡，服从真理，勇于纠错，不像别的地方的某些当权者那样狭窄。曾记得，美国记者报道里根在总统竞选中获胜，记者说，“蒙代尔（里根的对手）最后要做的事，是向胜利者握手致贺了”。向胜利者致贺，有人说是资产阶级政治家的“虚伪”。我以为，虚伪也好，真诚也好，总比不承认事实，恼羞成怒，从屁股后面拔出手枪来好得多。

古时候，有击鼓鸣冤之法，但小百姓鸣冤，先要滚钉板、挨板子，顶着以下犯上的罪名，历经折磨，再来趴在地上说话。翻案难矣哉！一般是，给你定罪的官儿越大，你那个案也就越难翻。若是“钦犯”，那就只有顿首泣血谢恩的份，话也只有一句“天王圣明，臣罪当诛”

了。可见，不许翻案，给“企图翻案”的人吃苦头，其实是封建专制的流毒，源远根深。

某地有律师为被告辩护，竟被说成“为犯罪分子翻案”，赶出法庭，甚至有被抓了起来的。在那里，不只有“流毒”，而且是法盲在胡闹了。有位同志撰文建议说，扫除法盲，“个体”的法盲固然要扫，“集团”的法盲也要扫，领导班子和执法机关的法盲尤其要扫。这个建议是一帖良药，无奈实际的病情要复杂得多。某地有位女教师，1958 年领导派她去监督另一位戴了右派帽子的年轻女同事，她讲了一些同情的话，因此闯下大祸，被开除公职送去农村劳动。前几年，那位“右派”改正了，她再三申诉，要求给自己翻案，经过“落实政策办公室”审查，结论是：事实没有出入，只是处理重了一点，建议把开除改为退职云云。原来给落实政策设置障碍，不肯翻案的人，不只是法盲，往往还患有“左”的顽症，单凭“普及法律知识”是解决不了问题的。据说，沈林森的家属为其申诉鸣冤，申诉书和控诉信写了上百封，有的答复了，有的不理睬，直接有关部门更是充耳不闻，若无其事，连答复也不给一个。你说他们不懂法？你说他们有点“左”？我认为都不像。只有一点，大概是可以肯定的，这些人不大像人民的法官。

1985 年 6 月

原载《民主与法制》

“惊人”的发现

在报上看到一则文摘，大意讲我国各地纷纷向日本订购家用电器，订单雪片般飞去，日本厂家视为“上帝的恩赐”，趁机以次充好，冒牌货也拿来倾销。因此，日本产电视机、电冰箱等等的质量事故时有发生。文章内容并不惊人，自是意料中事。但给人印象最深的是编者给这则文摘加上的标题：

“日本资本家是要赚钱的！”

啊，原来如此，“日本资本家是要赚钱的！”末了一个惊叹号，似乎表明它是一个不同寻常的发现和警告。

然而，大悟之余，仍不免一笑，一笑之余，仍不免一惊。难道，在编者告诉我们之前，原来大家都是傻瓜，竟认为日本资本家是不要赚钱的？那末，这稀里糊涂的想法，又是怎样来的呢？

日本厂商经常在我们的报刊上大登广告，声称“某某公司以其最新技术和优良产品，竭诚为中国现代化服务”云云。也许看了广告的人深信不疑，于是认为日本资本家是不要赚钱的？

近些年来，人们热心介绍外国资本家如何讲求“信用第一”、“顾客第一”，几乎就同我们提倡的“全心全意为人民服务”一样。也许，因此大家竟以为，日本资本家是不该赚钱的？

“中日友好”热似乎方兴未艾，也许有些人认为，“友好”与“赚钱”二事不能并行不悖？

我们的社会主义企业家，从前（至少是从前）一向不以赚钱为意，反正大锅饭、铁饭碗，企业蚀了本，书记、厂长、经理等等同志们决不至于去跳黄浦。也许，因此就以“君子之心度小人之腹”，认为资本家同我们一样，“但有仁义而已”赚钱不赚钱无所谓？

不论如何，编者的标题和惊叹号，说明了一点问题，引人思索。

我想，我们在同日本（包括别的国家）那些彬彬有礼的资本家先生们打交道的时候，可不要过分天真烂漫才好。

1985 年 9 月

原载《新民晚报》

论吃桔子皮行不通

营养学家说，桔子皮包含的维生素多于桔子瓤，吃桔子而剥桔子皮，其实是非常可惜的。相信科学的人虽然不少，因此而带皮吃桔子的却大概一个也没有。营养学家自己呢，也不见得会大口大口地去咬那带皮的桔子。因为桔子皮营养价值虽高，却粗硬苦涩，难以入口下咽，实在不好吃也。大家还是爱吃维生素稍少但甜嫩多汁的桔子瓤。而“桔子皮文艺”和“桔子皮理论”不受欢迎，原因正在于此。

营养学家并不就此罢休。他们为未来人类设计的食物是浓缩维生素。早上起来，只要吞下那么一小颗，就可以省去一天买菜烧饭洗碗揩桌子等等许多麻烦，方便极了。然而，吃饭真要简化到像吃药片一样，生活大概也会乏味得很的。方便食品要讲究营养，也要讲究色香味，否则大家就不愿去图你那个方便。人们一日三餐，不只是维持生存，同时也是一种乐趣和享受，“维生素文艺”与“维生素理论”或“维生素宣传”之所以不受欢迎，其原因大概也在于此。

桔子皮与维生素的营养价值无可怀疑。桔子皮可以入药，去其粗硬苦涩，还可以做成孩子们爱吃的盐金枣。但如果认为新鲜的桔子皮营养最好，硬要用它来代替水果青菜，“亲爱的，请你带皮吃桔子”，则确实行不通。纯而又纯的维生素为某些病人所必需，但如果把它当做健康人的日常食物，则其竞争力甚至在吃坏牙齿的蹩脚糖果之下。有些宣传家、文艺家或理论家一味责怪人家不识好歹，也许就因为还没有弄明白这个简单的道理吧。

1985 年 10 月

原载《新民晚报》

中国人读书

我们的海外同行梁厚甫先生在《博览群书》上撰文说，中国人对于读书的观念“太过隆重”，相反的，美国人视读书为一件平常至极的事情，他们读书，不必找宁静的环境，“在闹市中，经常有一块小草地，草地上有一两张椅子，椅子上坐着的，就是美国读书人”。然而，梁先生也许没有见过，现在电车上、公园里、路灯下，甚至在小菜场买菜的队伍里，那手不释卷的，也便是中国读书人。一定要找宁静的环境，恐怕是读不成书的。即使在历史上，有几净窗明、正襟危坐，也有牛角挂书、凿壁偷光，并非一律都很隆重。真要有美人伴读，红袖添香，那时候，心思就不一定用在读书上了。

要说中国人的读书观念有什么“太过”，我以为是太过当真。《儒林外史》上有一段故事说，主帅担心青云城风砂险恶，缺水少粮，不敢发兵；部下肖云仙进言说，青云城“水草最为肥饶”，放心进兵好了。主帅问他何以知道，他说是“从史书上看来”的。这就是读书太过当真的例子。太过当真，宁信书而不求实，往往愚不可及。太过当真，有时竟至于相信“半部论语”足以治天下；有时又容易神经衰弱，总担心《红楼梦》伤风败俗，《水浒传》教人造反，由此又派生出禁书、焚书之类的蠢事来。

然而读书又不可不认真。所谓认真，一是讲究读什么，二是讲究怎样读。梁先生说美国人视读书为平常事，平常到“有如搔头和抓耳朵一样”，果然都是如此，未免太不认真。当今是“知识爆炸”的时代，读书求知唯恐不及，而有些年轻人却花那么多闲工夫沉迷于武侠、传奇之类，我以为也就是不认真之弊。读书消遣，未尝不可，但一味消遣，那就太过了。成天只搔头和抓耳朵，是出不了科学家、企业家或文学家的。

1985 年 11 月

原载《新民晚报》

玻尔的启示

近来，大家都在作文纪念丹麦物理学家尼尔斯·玻尔诞生一百周年。笔者于物理学一无所知，但读玻尔的传记，深深感佩这位伟大科学家一生追求真理的高尚精神。

玻尔是量子力学的主要创造人。量子力学在其发现和发展的时候，质疑问难，纷至沓来。然而玻尔从不害怕质疑问难，他认为这是从不同侧面对自己的学说进行严格的检验，并能激发自己新的创造灵感。他一生论敌甚多却没有私仇。科学家的论争基于追求真理的共同愿望，本无碍于为同志，为挚友。玻尔同爱因斯坦论战多年，却终身相互尊重和友爱，这大异于古今学界某些大、小人物，视论敌为寇仇，稍闻异议，立刻“恨恨地磨墨”，便来“进行无情地还击”。

爱因斯坦同玻尔以及哥本哈根学派那些杰出科学家的论辩，是20世纪物理学发展最灿烂的时期，他们在互相诘难中使自己的创造力格外活跃，思想达到新的高度，也为当代哲学和科学提出许多具有启发性的课题，至今不少科学家身受其益。

人世间如果有什么东西不能被垄断，这种东西便是科学和真理。真理是自由的鸟儿，只有在天空飞翔时才歌唱。科学的生命在于百家争鸣。也许这就是玻尔以及像他那样堪称伟大的科学家们给予我们的最宝贵的启示吧！

1985 年 11 月

原载《新民晚报》

切莫真的把人当牛

牛年，不少同志做文章赞美牛的精神。“俯首甘为孺子牛”，“吃的是草，挤出来的是奶和血”，这精神确实是很高尚的，虽不能至，心向往之。

然而，向似牛的人挤取奶和血，却又一味让他吃草，恐怕这状况是难以维持长久的。据说，真的奶牛吃的也不只有草料，还要加上别的一些营养品，否则挤出来的奶质量不高，甚而不符合规格。

有位同志几十年中沉冤莫白，历经坎坷而自强不息，受到许多人的称扬。他却深有感慨地说：一个人应当经受得起逆境的考验，可是更希望不要无端地把一个人置于逆境。大概也就是这个意思吧：我们要求一个人有牛的精神，可是千万不要把他真的当做牛。报刊上有时描绘某位同志如何带病熬夜，咬牙捂胸，力疾而作，好像那是一种壮观，而对于造成一个有价值的人可悲的过早油尽灯灭的种种原因，却淡淡带过。这大概就是当真把人看做牛了，而且似乎也不反对“杀牛取奶”的做法。许多中年知识分子的健康状况要比老年知识分子的差得多，这难道不值得认真思索?

柳宗元说牛“一生劳作，身不食谷”，李纲也说牛“但愿众生皆得饱，不辞羸病卧残阳”。高尚的人们自有这样的牺牲精神，但社会却不能只是要求他们有这样的牺牲精神。否则，高尚的人会越来越少，而并不那么高尚的人却会越来越多，至少是前者没有后者那么长寿。你曾经在暮色苍茫的乡间小路上，见到老牛慢悠悠地迈着步子么？简直叫人心焦。但愿办事（包括落实党的政策）的人们，虽在牛年，不学牛步。

1986 年 1 月

原载《新民晚报》

读书太过当真之类

论人，不只听他怎样说，还要看他怎样做。对古人也应当这样。如果只看皇帝的诏书和谀臣的颂词，则两三千年中恐怕找不出一个昏君来。那种“言过尧舜、行若桀纣”的大人物，可是多得很哩。

在报上读到一篇《读汉武帝〈求茂才异等诏〉札记》，作者说，这诏书是“汉武帝用人思想的总结性文献”，如强调招致和造就人才，对人才不主张求全责备，用人“不计流品，不循资格”，如此等等，即使用现在的标准，也是好到无以复加的。然而我以为，这是读书太过当真了。

史家常常称道汉武帝破格重用卫、霍。卫青出身“骑奴”，可以说是“不计流品”；霍去病二十出头为大将，可以说是“不循资格”。但这叫做只知其一，不知其二。卫青飞黄腾达，是在他姐姐做了皇帝“夫人”之后，皇帝提拔的并非“骑奴”，而是自己的小舅子。霍去病是卫青另一个姐姐的儿子，少年得志，靠的也正是裙带关系。不计流品用的人也有，为皇帝求长生的乐通侯栾大便是一个。但那是骗子，而不是真正的人才。

史家又常常称道卫、霍战功赫赫，却忘记那代价是如何沉重。汉军“出塞马十四万匹，而复入塞者不满三万匹”，所谓大胜者诸如此类，而朝廷仍然庆功颁赏，连卫青襁褓中的婴儿也封侯赐爵。司马迁把卫、霍写入《佞幸列传》，是很有胆识的。唐人司马贞则批评这位打了几十年得不偿失的战争好大喜功的汉武帝“疲耗中士，事彼边兵，日不暇给，人无聊生，俯观嬴政，几欲齐衡”，简直把他当做另一个秦始皇。

半个世纪以前，小学教科书上就有霍去病大名，说他爱国不顾家，“公而忘私”，使我们佩服得五体投地。几十年后，双鬓如霜，仍听许多历史学家这么说。就因为他讲过“匈奴未灭，无以家为”，人们把这句大话当真，据以论人。事实上这位皇帝非常宠爱的贵公子，并没有那么高的风格。每出征，他常常自己挑选精兵良骑，剩下疲卒驽马让别的将领去带；出征回来，“重车余弃粱肉”，士卒却在挨饿；军中有时乏粮，将士饿得不能活动，他酒足饭饱之余，打球游戏，优游自在。为了替舅父卫青报私仇，他竟在皇帝面前把将军李敢射死。皇帝包庇他，宣布李敢被鹿触死。人无完人，但把这样一位骄横跋扈的权贵说成是“公而忘私”的良将，未免离谱太远。

历史学家糊涂，天真的小学生受骗，但不知这个公案何时了结？

1986 年 1 月

原载《新民晚报》

骗局的主角

婚礼的主角是新娘，葬仪的主角是死人，但骗局的主角却不一定是骗子。

俄国伟大批评家别林斯基论《钦差大臣》的主角不是骗子赫斯达阔夫，而是受骗上当的市长。他说，吹牛撒谎不假思索的赫斯达阔不过是市长大人的良心的影子罢了。说得多么好！独具慧眼，入木三分。

近年来骗案迭出，广东刘案，福建杜案，上海黄案——骗得金额上百上千万甚至上亿，简直和天方夜谭一样，令人难以置信，但却是明摆着的活生生的事实。在这些骗案中，骗子大多相类，穷极无聊，铤而走险；骗术也大多并不怎样高明，在哪个关节上有谁稍微认真一点，问个究竟，机关便会败露。而上当受骗者往往是负有重任、握有实权的各式人等，头脑大体健全，虽不能说是当世英杰，但既然做到“领导干部”，论其才具，大概不在中人以下，为什么一下子变得昏天黑地，像头号傻瓜一样跟着二等流氓的三寸不烂之舌翻筋斗呢？这就叫做利令智昏，鬼迷心窍。骗子能够随心所欲从他们手里捞到东西，正是因为他们如痴如醉似地要从骗子手里得到他们想要的东西。骗子不过是他们的贪欲的灵魂的影子，用黑格尔的哲学语言来说，不过是他们的“主观精神的外化”罢了。大凡这种人是不大愿意骗局戳穿的，因为在这里，骗人者同受骗者正做成一笔双方有利的交易，反正吃亏的只是人民和国家。

没有受骗上当的人来合作，骗子干不得半点坏事。但是没有骗子，我们的某些好像“天真幼稚”其实利欲熏心的干部，却仍然不会闲着，仍然可以干出许许多多的坏事来。让钱财流水似地流进骗子的口袋，决不是他们糟蹋国家财富、败坏人民事业的唯一方式。

一个骗局被揭穿的时候，舆论哗然，但如果大家只把眼睛盯住骗子，把配角当做主角，那可是大大地错了。国家之忧，不在骗子，而在干部队伍之内也。

1986 年 1 月

原载《新民晚报》

孔子的悲剧

近年来，谈论孔子的文章又渐渐多了，也不再像过去那样一味对这位老先生作“革命大批判”。其实，从五四直到现在，人们“批判”的孔子，往往并非本来鲁国邹邑叔梁纥家的那个孔子，而是那个孔子死后两千多年中历代人们自行塑造的另一个孔子。“孔家店”诚然该打倒，但孔家店老板，并非“生而首上圩顶，故名曰丘，字仲尼”者也。人们责备孔子的许多罪过，其实十之七八是不该他负责的。“批孔”云云，是个应当平反但至今没有彻底平反的冤案。

多年以前，读过罗素的《自由与组织》，其中一章是论述马克思和马克思主义的。他说了些什么，大都淡忘了，但末了有几句话却至今记得，大意是：作为同大家一样的人，马克思是人中之杰，堪称伟大；但若把他当做神，则不免感到失望。这些话，我以为是说得有道理的。

不把伟大人物神化，并非外国的罗素明察独见。咱们中国，尧舜禹汤，古时候是被视为贤圣之极，高不可攀的，孟轲却说“舜何人也，予何人也，有为者，亦若是”。这句话比罗素早说了两千多年。孔子的学生们，也并没有把他们非常尊崇的老师神化，从他们编辑的《论语》上看到的，这位夫子勤奋、明哲，“发愤忘食，乐以忘忧”，有时却又有点迂。他有普通人的弱点、缺点，也犯错误。他因为不大识时务而到处碰壁，有时也不免沮丧而慨叹，“吾道非耶？我何为至此！”人家形容他“惶惶然若丧家之犬”，他也承认，欣然笑曰：“惶惶然若丧家之犬，然哉，然哉！”当他说“天之未丧斯文也，匡人其如予何”的时候，又非常地自负。他博学多识，胸怀宽广，是个有着坚定的信念而又身体力行的人。

孔子好像不食人间烟火，那是很久以后的事，那时候他已成了统治者的纯粹的精神工具；他那些在当时卓有创见的丰富思想，已被后人歪曲成为僵死的神圣教条。人们需要什么东西，就用注释训诂之类的方法，把他塑造成什么东西。玄学家把他玄学化，理学家把他理学化，宗教奉之为教主，道学家用他杀人，“兵不血刃”。为君的只记得他讲“君君臣臣”，为父的只记得他讲“父父子子”。无神论者说“子不语怪、力、乱、神”，有神论者又说他讲过“获罪于天，无所祷也”。他仿佛是一位大大的老好人，无求不应。从汉武帝以后直到清圣祖、慈禧太后、袁世凯、吴佩孚，都从他身上各取所需，请他来压人、骗人。现代人们要打倒的孔子，正就是这一个被神化了的，被重新塑造过的作为统治工具的孔子，而不是春秋时代那个伟大学者和思想家的孔子。后一个孔子是不能打倒也打不倒的，只要有中华民族的灿烂文化在，那里面就有孔子的不可磨灭的伟大贡献。

被追封为“大成至圣文宣王”，只容许顶礼膜拜，对孔子来说是一个大悲剧，因为这么一来，倒害得他成了妨碍进步的应该打倒的偶像。至高无上，古今完人，尽善尽美，全能全知，如此这般，捧得过了头，就把有血有肉的真实的人变成了纸糊的虚假东西。宋明以后的儒者，好像把好话都说绝了，只得说“孔子以前，未有孔子，孔子以后，再无孔子”，有如“几千年才出一个”之类，是地道的废话。未庄的阿Q不也是空前绝后，而且也是“几千年才出一个”的么？

神，是不容许有缺点和错误的。一有失误，神话就戳穿。人，却可以而且不可避免地会有缺点和错误，即使有了缺点和错误，仍不失其为人，如是伟大的人，仍不失其伟大。人们可以向伟人学习。至于神，要么迷信他，要么打倒他，别无他法。把伟人神化其实是大大地帮倒忙。孔子的悲剧，就是那些帮倒忙的人们造成的。

1986年2月

原载《新民晚报》

做官要有风险

做官要有“风险”。做官很少“风险”或者竟无“风险”，弊病丛生。我的这个想法，是在看了许多大案要案之后引起的。

常见某一个单位出了乱子，或者出了个大大的坏人，你看那个单位的领导人，他赶忙做着的头桩事，不是如何善后，而是应付上级：先是找出千八百条理由来推卸责任，然后作一通高姿态或低姿态的检讨。那“检讨书”上用的词汇，叫做“检讨”通用零件，什么地方都可以装上去的。而且，这也好像已成为一条不成文的规矩：身为领导，只要自己不贪污，不盗窃，不合谋，即使那些坏事发生在自己的鼻子底下，也都可以不受追究。这里有一条足够把自己擦洗得雪白干净的理由叫做“不知道”。自认糊涂，自认麻痹大意，这还不够吗？于是，尽管那些坏事给国家人民造成很大损失，他这个领导人却获得了原谅，或者只受到无切肤之痛的批评警告之类，无碍于“仕途”，继续做官无误。

官者，管也。在你管的那个单位，有领导之责，把关之责，督察和教育之责。在职责范围内，如领导不力，把关不紧，督察不严，教育无方，因而出了事，给国家人民造成重大损失，这就叫失职，岂有一句“不知道”就可以搪塞过去的？《刑法》上的“渎职罪”有一条是：国家和工作人员由于玩忽职守，致使国家和人民利益遭受重大损失的，要追究刑事责任。“不知道”算不算“玩忽职守”？可以算，似乎也可以不算，如此种种，诚然不是三个字或四个字概括得了的。我们本应有一部比较健全的行政法规，对各级领导的职责范围以及对各种不同的失职行为如何追究责任作出明确规定，要求切实可行，使无辜者不致受累，油滑者难以逃遁。然而现在没有。《刑法》上的规定又笼统一点了。大概就因为这个缘故吧，即使大案要案频频发生，仍很少听说有人由于“玩忽职守”受到法律追究或行政追究。

做官很少“风险”或者竟无“风险”，这个官也实在太好做了。因此就有些其实做别的行当比做官更合适的人，也都来钻营做官当干部。一旦做了官，就像海难中上了救生船，再也不肯下来了。这种不称职的、玩忽职守的、把好事办坏的，虽属少数、个别，却弊病丛生。假如法有明文，不称职、失职、玩忽职守的都要依法追究，不管你“知道”或“不知道”，那么，等不到花工夫去整顿和“劝退”，肯定有一些人会自动收拾了走路，叫你另请高明。因为这个官不好做，“风险”太大了。这样，就像从一篇文章中删去废话和可有可无的话，我们的干部队伍将会更加精粹。

做官有如此之“风险”，还有谁敢来做官呢？有。那些有能力有魄力的，有事业心进取心的，忧国忧民以天下为己任的，立志为共产主义事业奋斗终生的，赴汤蹈火，尚且不惜，何况冒着点“风险”乎？于是，我们的干部队伍里，就会有比现在更多的高才俊杰，社会精英，志士仁人，国家栋梁。诚如此，我们的机构将大大提高其效能，党的英明决策，国家的宏图远略，可以得到更好的贯彻和实现。我们正在搞改革，我以为，有一条很要紧的，就是要改革目前这种做官少“风险”或者竟无“风险”的状况。理由如上所述。

1986 年 5 月

原载《新民晚报》

纪念碑

在再生的唐山，一座巍峨的纪念碑矗立起来了。据报道，碑文最后这样写道："此间一砖一石一草一木都宣示着如斯真理：中国共产党英明伟大，社会主义制度无比优越，人民解放军忠贞可靠，自主命运的人民不可折服。"

这当然是不可争辩的真理。但是，写在纪念碑上这一段总结性的辉煌文字，好像缺少一点什么。

20 世纪 70 年代是世界上地震最严重的十年，全世界死于地震的达 40.6 万人，其中唐山地震就死了 24.2 万多人。损失之惨重是由于人们在毫无准备的情况下，突然受到了地下恶魔的疯狂袭击。唐山地震所以未能作出预报，是限于当代人们对于这个自然灾变的认识水平——近来许多公开发表的文章都是这样解释的。现任国家地震局局长的文章应该说是最具有权威的了，他也认为"唐山地震未能作出预报从根本上说是科学的原因”。地震和癌症一样，至今对于人类来说，仍是太神秘了，太强大了。“此乃天亡我也，非战之罪”，唐山几十万生灵顷刻之间全在废墟之下，谁也怪不得。

安启元局长文章中另有一句话：“当时，尽管‘四人帮’对地震工作的干扰和破坏是严重的……”语焉不详，却可以在钱钢的长篇报告《唐山大地震》中找到一些佐证：当时的国家地震局局长事后说，在地震灾害迫近眉睫的日子里，他成天提心吊胆，穷于应付政治运动；距唐山地震 16 天，地震局党的领导小组正忙于召开“批邓反右”会议，批判“正在走的走资派”；距唐山地震 6 天，鉴于地震局领导正忙于政治运动，工作人员只好把震情写成大字报贴在局长办公室门上；“慌乱的办事机构，落后的通讯反馈系统”，加上地震对一些仪器设备的破坏，强震发生后整整一小时，国家地震局还不知道震中在那儿……

距今 1800 多年前，张衡的“候风地动仪”已准确地检测出地震方向。而今天，人们却不得不采取最原始的办法，“兵分四路，立即开赴东南西北四个方面去寻求震中”，而震中原来就在 150 公里之内的唐山。

这也仅仅由于科学落后，也能说是“天亡我也，非战之罪”吗？

十年之后，人们都在赞叹新唐山的崛起。日本《东京新闻》记者报道说，唐山奇迹般地复兴了，“复兴的背景在于这十年间中国政治经济的稳定”。这话倒是说到了点子上。

地震之前，许多动物都有异常反应，人类却木然无知。然而人类的优越之处在于他们是一个整体，国家和社会强盛也在于它是一个团结而稳定的整体。否则，分裂和内耗，甚而会使人类的自卫力量不及动物，如斯真理，实实在在的教训，不妨也用金字镌刻在纪念碑上，也许更有意义吧？

1986 年 8 月

原载《新民晚报》

也谈“硬政府”

改革遇到了困难，忧国忧民之士正热心于寻觅“他山之石”来“攻玉”。据说，亚洲“四小龙”以及巴西、土耳其等在“起飞”阶段，大体都采用了一种叫做“硬政府、软经济”的模式，即民主要缓行，政治权力要集中，而经济权力则要分散，以利于提高活力和效率。据说，这个一头硬一头软的模式颇为成功，是值得我们仿效的。

据说，“硬政府”是适合国情的：由于经济文化落后，绝大多数民众在相当时期内无法直接管理国家，只能实行一种“精英政治”，即由少数“精英分子”居于领导地位，“代表民众利益，把握国家方向”。此理似是而实非，因为，即使经济文化发达的国家，那里也不是大多数民众都“直接”去管理国家的，他们经过法定的民主程序，也是选举出“少数精英分子”来把握国家方向的。如果这些“精英分子”擅权营私怎么办？有民主和法制来制约；那里没有终身制，可以当你“精英”推举，也可以当你糟粕扫除，要是他们不好好干或违法乱纪的话。然而，“硬政府”论者让我们放心的却是另一种办法：由“权力精英”及“知识精英”联合起来，不断把“知识精英”吸收到权力集团中去，如此可使掌握权力的“精英”集团不至于日久僵化，并能“不断代表民众利益，加快现代化进程”。办法听起来不错，但还是不能教人放心。这个“权力精英”同“知识精英”联合的办法，又有点近似我们古老的国粹；科举取士，不断把“知识精英”吸收到权力集团中去，然而“权”门一入深如海，“知识精英”很快也就变成“权力精英”，只能或只愿代表权力集团的利益了。如果不实行法治，单靠“精英”的个人品质和才能，并要求其“不断代表民众的利益”，这“人治”无论如何靠不住，此理经无数事实证明。这块“玉”，是从咱们的泰山之石中“攻”出来的。

话说回来，“硬政府”之计，并非绝对不可考虑。硬者，过得硬也。亚洲“四小龙”之一的新加坡，据说就有一个“硬政府”，其所以“硬”，先就因为它是一个廉洁的或比较廉洁的奉公守法的政府，一位部长贪污渎职，竟被迫得自杀以谢国人，李光耀曾说，“我们的政府在新加坡创造了环境机会，造就了许多百万富翁，但我自己不能成为百万富翁”。这就同“官倒爷儿”大不相同。本身过得硬，所以令行禁止，否则，所谓硬，将只剩下专制，专制而没有效率，实是纸老虎。英国的玛·撒切尔首相，号称“铁娘子”，有毅力有决断，别的方面也确实过得硬，自己挽着篮子上街，而不是叫公家车子把副食品送上门去；在家里穿起围裙粉刷墙壁，而不是像某地的大小干部们用公家的人力物力成片地给自己造房子，以致当地老百姓愤慨地称之为“官街”。据报载，某国总理行车超速，被警察拦住罚款；里根总统的公子打匿名电话骂人，查出后被起诉。其事虽小，可以喻大，这些都是过硬的。“硬政府”者，应当说，即非依靠少数“精英分子”实行人治，而是实行法治的因而有权威有效率之政府也。还是说了许多年的几句老话：有法可依，有法必依，执法必严，违法必究，而且这一切要从政府的大小官员们做起，自己不能带头守法执法，其身不正，虽令不行，虽禁不止，说怎样也硬不起来。只凭借权力去“硬”，其奈没有威信、没有效率何？即使改革这样的大好事也可能给办成坏事。政府要“硬”，离不开宪法与法律的制约。把“硬政府”同实行民主与法治对立或分离开来，笔者期期以为不可，因为过去和现在的事实都证明，那样行不通，靠不住。

1989 年 3 月

原载《新民晚报》

就在这里跳跃吧！

马克思在《路易·波拿巴政变记》中批评革命的犹豫不决，“它们畏于自己目标的无限庞大，再三往后退却，一直到无路退时，那时生活本身会庄严地说道：‘这里是罗各斯，就在这里跳跃吧！这里有玫瑰花，就在这里跳舞吧！’”

“罗各斯”出自伊索寓言，说有一个人曾对众夸耀说，他曾在一个叫做罗各斯的地方作过一次非常精彩的跳跃，跳过很高很高的高度，并举出许多证人；这时有人对他说：“果真有此本事，用不着证人，这里就是罗各斯，你就在这里跳跃吧！”

这一个典故，是读了今年3月30日中新社记者田惠明的一则报道想起的。报道说，全国“两会”期间，有细心人在政协会议闭幕之际，在人民大会堂前停车场上数了数小轿车：计556辆，其中495辆为进口的，中外合资的24辆，纯国产车仅37辆。上述轿车谁人乘坐，一般委员、代表够不上级别，不言而喻，车的主人是高级官员。报道说，有位人大代表是汽车专家，每当赴会时，但见长安大道上，前不见头，后不见尾的车队，皆为奔驰、皇冠、丰田……唯独没有他亲自制造的红旗，因此他心情沉重。一位政协委员为此建议在文件中加进“提倡领导干部乘坐经济型国产汽车”一条。

这些年来，高官乘坐豪华轿车已蔚然成风，攀比成风，似乎牌子越高级越光荣，坐什么车子，好像成了某种身份、派头、地位、等级的象征，成了一种待遇规格。上有所好，下必甚焉，大小有个“长”字头的，都非进口轿车不坐了，每年有多少外汇花在进口轿车上，必是一个惊人的数字！

李鹏总理在人代会上大声疾呼：要发扬艰苦朴素的传统，全国人民要过几年紧日子。那么，是仅仅让主人过紧日子，还是主人和公仆一起过紧日子？紧日子先从哪里过起呢？可否就从“领导干部乘坐经济型国产汽车”一事做起，以开风气之先？

这里是罗各斯，就在这里跳跃吧！

这里有玫瑰花，就在这里跳舞吧！

上海“两会”已经闭幕，据说此次赴会的小轿车比前大大减少，连市长也是坐小面包车赴会的，是个可喜的现象。但是，笔者仍然要向代表、委员们提个建议，诸位先生在会上、会后就“领导干部乘坐经济型国产汽车”一事议论一下如何？把它作为当前廉政建设的一个具体措施如何？当然，如果坐了国产车会妨碍公务，使人们不能顺利去治理整顿深化改革，则又当别论。否则，上海党政机关的公仆都是表示过响应中央关于过紧日子的号召的，表示了就付诸行动：

这里是罗各斯，就在这里跳跃吧！

这里有玫瑰花，就在这里跳舞吧！

这个“跳跃”，简单也不简单，会有人闻风响应，也肯定有不少聪明人会想出许多“对策”来。这就要看决心和办法了。朱镕基市长最近不是说“执政从严”吗，就在这件对党风、政风、社会风气影响甚大的实事上做出榜样，让上海开全国风气之先如何？

这里是罗各斯，就在这里跳跃吧！

这里有玫瑰花，就在这里跳舞吧！

1989 年 4 月

原载《新民晚报》

维护权威的末路

企业如认真实行改革，领导人常会招来一些麻烦。办公室里拍桌摔凳算小事，还有直捣后方，到家里闹得鸡飞狗跳的，甚至厂长被杀害的也已多起。有位同志撰文论及此事，他说，依法惩凶之余，身为领导如厂长等，也该反省一番：矛盾为何发生，又为何导致激化？领导者是否民主？办事是否公正？自己作风是否正派？对群众是否关心爱护？工作是否做细？是否经常对话以增强理解消融对立？以上种种如能回答个是字，则意外之事大多是可以避免的吧！上述意见甚是，但说说容易，做到却难，而且民主和对话对“极少数”未必有效。有没有别的好办法呢？顷读《报刊文摘》摘自《经济生活报》的一则新闻说：“从这个月起，杭州纺织机械制造厂厂长办公室里多了一件‘家什’，这家厂的保卫科日前到市公安局购得三根电警棍，发给厂长、书记、副厂长每人一根，以保障企业家的人身安全”云云。又据该厂保卫科长介绍，为一定规模的企业法人代表配置电警棍防身，是公安局核准允许的。

“一定规模的企业法人代表”即厂长、书记等为数大概不少，阳春三月，如果你流连于湖光山色走苏堤、过白堤时偶尔碰见带电警棍的人，可别以为那是便衣警察，更不要惴惴不安误会西湖的安定团结出了问题。

然而，电警棍保障企业家的人身安全从而维护企业家进行改革的权威，并非万无一失，带电的警棍对于亡命之徒能有多大的威慑作用也值得怀疑。于是，又有了似乎更妥当的办法。在《新闻报》上看到一篇题为《让企业家吃粒“定心丸”》的文章中得知：最近，江苏省张家港市保险公司开办了厂长（经理）“意外伤害综合保险”，无论公、私企业的领导均可投保，被保险人及其家属在遭受外来的恶意报复行为造成死亡、伤残和财产损坏时，保险公司负责补偿或赔偿。据文章作者说，“这等于给勇于改革的企业家吃了一粒‘定心丸’，这必将进一步增强他们深化改革的决心和信心”。

改革的决心和信心要靠保险公司给吃“定心丸”来增强，那么，改革的前途是不容乐观的；领导者的权威和“安全”要靠电警棍来维护，那是把一件沉重的东西去挂在一根很不结实的绳子上。

企业领导人的权威，从根本上说，应是企业在实行现代化管理（其精髓即是民主和科学）过程中树立起来的。改革的信心和勇气，也会在这里产生。电警棍和保险公司不是坏东西，但不能用非其所。我有点担心：企业家或别的“家”们会不会因为有了“自卫武器”和“综合保险”而过分笃定，却把根本的东西忽略了？配备着电警棍并且吃过一粒或几粒“定心丸”的厂长、书记们同群众的距离会不会越来越远？矛盾会不会越来越多？电警棍和“综合保险”除了说明领导者技穷之外，肯定无助于提高权威和威信，也无助于提高企业职工的主人翁精神和增强企业的凝聚力——但愿这些只是杞人之忧。

有人会说，电警棍等等只是对付“极少数”的非常手段，用不到发这么多议论。但是，我仍然愿意提醒一下：为对付“极少数”而采取的“非常手段”是否得不偿失？是否会使领导者常常引为自豪的自己手中的“政治优势”递减为劣势？历史的教训是：某些领导者对“极少数”的“警惕性”其实质往往是对大多数的不信任症或恐惧症……

扯得远了，似乎与本题无关，杂谈就此刹住。

1989 年 5 月

原载《新民晚报》

客卿、臣仆、主人

轻视和歧视知识分子，依我看来，不只是由于“左”倾思想和闭塞无知的小生产意识在作怪，而且也是封建专制主义在思想政治方面的遗毒。有些同志，不自觉地背负着这一种历史的因袭的重担，在革命胜利后，以打江山坐天下的“人主”自居，待知识分子为客卿或臣仆——骨子里就是异己，对他们总是一百个不放心。

在历史上，依附并效力于某一个统治者或者某一个政治势力集团，几乎是知识分子唯一的出路，他们的地位，取决于统治者是否信用。信用之则功名富贵，立等可取；不然则布衣粗食，憔悴于陋巷之内。因此，古之士“三月不仕则相吊”，无所依附时“惶惶然若丧家之犬也”。而统治者对待知识分子，大致是“争天下”时期一种态度，“坐天下”时期又是一种态度。

春秋战国，诸侯相并，得人者昌，失人者亡，这是“争天下”

的时期，因此各国君主竞相罗致有才能的士人：有的筑黄金台，有的贴招贤榜，跣足迎宾以至顿首求教都有。那时候士的身价是很高的。在甲国得不到信用则跑到乙国，“于鲁不可则去之齐，于齐不可则去之宋”，到处都不失为受礼遇的客卿。中国统一之后，天下一君，四海一国，“士之有道者，不得于朝，则山林而已”，这才没有待价而沽的余地了。所以唐朝的韩愈一上宰相书，后十九日复上宰相书，后二十九日复上宰相书，远远没有先辈那么自视甚高，从容不迫了。这是为什么呢？因为这是统治者“坐天下”的时期。大诗人李白说，“生不用封万户侯，但愿一识韩荆州”，话讲得很有气派，其实也只是冀求一个被信用。当然，知识分子的地位并非就此一落千丈。在改朝换代时，农民大起义时，各种政治势力“中原逐鹿”时，也就是复归“争天下”的时期，知识分子的身价又比较地提高了一些。三顾茅庐，草泽求贤，比较聪明的统治者仍然是明白得人失人的利害的。

可是也不是所有的当权者都明白知识分子的重要性。秦始皇就是一个十分蔑视和敌视知识分子的大人物。苏轼在他有名的《论养士》上说，秦始皇不肯罗致和信用士人，无异于“纵百万虎狼于山林之中”，给自己树立了许多潜伏的危险和敌人，嬴秦二世而亡，无疑这是一个很重要的原因。历代统治者，大多记取了这个教训。然而，不管怎样，封建社会的知识分子，在先秦，尊重一点说是“客卿”，后来则一律沦为“臣仆”。所谓“王者之师”，不过是书生说的大话。王者何尝把士当做“师”呢？无论“知遇之恩”如何深厚，名分上总是君臣，到了资本主义社会，知识分子大声疾呼自由平等，其实身为雇佣的脑力劳动者，主从之分，仍是清清楚楚的。只有在社会主义时代，他们才有可能改变这种顿首阙下和依人作嫁的命运。知识分子同工人、农民一样是社会主义社会的主人，可惜这种地位过去不仅得不到应有的尊重，而且往往被视为异己，“运动”一来，每每首当其冲。党的十一届三中全会以后，拨乱反正，落实政策，归根到底就是要恢复知识分子的社会主人的地位。这个落实至今在不少地方障碍重重。“左”倾思想是一种障碍，小生产意识是一种障碍；如上所说，封建专制主义遗毒也是一种必须克服的障碍。

有人视知识分子为“客卿”或“臣仆”，知识分子中间有没有以“客卿”或“臣仆”自处的呢？不能说没有。这同样也是思想上的因袭的重担，同样是一种必须克服的障碍。

陈琳为袁绍作檄痛骂曹操，后来被曹操抓住了，他为自己辩解说，“箭在弦上，不得不发”。他说的是老实话，他确实不由自主。在我们这个伟大时代，知识分子则应是“控弦之士”，当家做主，并且要以当家做主的态度去说话、生活和工作，为振兴中华献出自己的全部精力和才智，像蒋筑英那样，像罗健夫那样。

1983年4月

原载《上海盟讯》

往事不如烟

在一个文学期刊上，看到纪念吕荧的文章。在这以前，我知道吕荧的名字，一因他翻译过普希金，二因他曾是大名鼎鼎的“胡风分子”。记得1955年夏天，全国各大报纸同时报道全国文联主席团和作协主席团专为声讨“胡风反革命集团”而举行会议的消息。在这个同仇敌忾的大会上，“胡风分子吕荧在发言中为胡风集团辩护，遭到会议一致的驳斥”。这件事给我的印象特别深刻。在那个无条件的一面倒的时代，何物吕荧、胆大乃尔，竟“跳出来”为受批判的对象辩护，那景象就像一个人想用自己的身体去挡住奔腾而来的潮水，可惊，可笑，可叹，可佩。常话说，识时务者为俊杰。然而，我以为，不识时务者有时也不失为俊杰。人类历史所以有声有色，就因为有过不少“知其不可为而为之”的英雄。吕荧也许没有那么伟大，但在那时候，我在心底里不胜感叹：正直，勇敢以至有点近于傻乎乎和冒失的人可惜太少了。这样一种人，后来终于被迫害致死，可以说“求仁得仁，何憾之有”吧。

我至今不知道，吕荧怎样为“胡风集团”辩护，也不知道他有没有同时为横遭践踏的中华人民共和国宪法辩护。1954年9月15日，第一届全国人民代表大会通过了第一个宪法。这是一次辉煌壮丽的日出。几千年来处于无权地位的中国人民，第一次有了自己的宪法。“胡风事件”，就发生在宪法公布的半年之后。1955年5月13日《人民日报》发表一篇署名文章，内容是胡风在解放前写给该文作者的私人信件的“摘录”，并由作者“附加必要的说明”。文章的题目叫做《关于“胡风反革命集团”的一些材料》。而在这以前，人们从来没有听说过哪一个地方，哪一级的政法机关宣布过有这样一个“胡风反革命集团”。现在却由一位公民来认定了，罪证即是私人信件的“摘录”。而这个惊人的判决，又是由一张报纸来宣布的。公检法职权，似乎全由个人和舆论机关承担了。人们好像没有怀疑有什么不合适。

宪法规定公民有言论自由，通信秘密受法律保护。报纸的“编者按”却根据一些公民私人信件上的“言论”来判定这些公民是反革命，公开责令某些公民交出私人信件，并且用威胁的口吻说“交出来比保存或销毁更好些”。这是公然侵犯公民的言论自由和通信秘密的自由。如果说，这些人是反革命，应该剥夺他们这些自由。但是，报纸（即使是党中央机关报）有权判决谁是反革命分子并且剥夺他们的公民权利吗？宪法规定全国人大代表，非经全国人大或人大常委会许可，不受逮捕或审判。胡风是全国人大代表，却未经任何法定手续，已经由一个普通公民和党报宣布为反革命分子并大张挞伐了。一位公民和一张党报高于全国人民代表大会及其常务委员会，而“编者按语”大于宪法。在上面所说的两会主席团联合会议上曾通过一项决议：“向最高人民检察院建议：对胡风的反革命罪行进行必要的处理”。这里表示了一点对法律的尊重，却又说明胡风等人被宣布为反革命分子和反革命集团，并且在全国报纸上、各种会议上被“批判”，并且决心“如果不投降，那就消灭他”等等，所有这些，到此时为止，人民检察院（当然还有人民法院）都还没有插手“进行必要的处理”，却全由党报、一些群众团体和个人先来包办了，而他们又好像并不愿意全部包办，因而才来提出这个“建议”。

煌煌宪法，墨汁未干，可是已经被视为一纸空文。而那时候，竟没有一个人为被肆意践踏的宪法说一句话！

曾经有一个思想家对他的论敌说：我不同意你的意见，但是我愿意牺牲我的一切来保卫你说出这些意见的权利。这句话确实说出了民主的“精华”。如果不是这样，如果我们为了反对某种意见，同时把说出这种意见的权利反对掉，我们自己也会很快失掉这种权利的。历史事实不正是这样码？看看当时人民出版社编辑出版的厚厚几大本的《坚决彻底粉碎“胡风反革命集团”》（文章和发言汇编），群贤毕集，慷慨陈词。但是这许多文化艺术界的可尊敬的同志，以后谁过得了“反右”关？“反右”中漏网的谁又躲得过了“横扫一切”的“文化大革命”？几乎没有一个幸免！从前人们曾经举手赞成的悬在胡风等人头上的利剑，现在落到自己头上了。人们既然不指望宪法和法律去保护别人，后来也就无法指望它们来保护自己。宪法和法律既然被一个接着一个政治运动磨成一个个苍白的幻影，也就没有权威，没有力量，对人们爱莫能助。“文化大革命”这一出大悲剧，在它上演的十年之前，早就揭开序幕了。

往事，难道能够让它如暮霭中的轻烟，在人们的记忆中悄悄消失？

1985 年 5 月

原载《再思集》

“革命大批判”的武器库

“胡风事件”，从我们国家的古老传统来说，也许是旧事重演；但在一个新生的人民共和国，一些人因言获罪，以文字取祸，陷入新的文字狱，这却是开了一个先例，一个灾难性的先例。

《人民日报》在《关于“胡风反革命集团”的材料》的“第二批材料”的“按语”上说：“现在发表的材料，是从胡风写给他的反动集团的人们的六十八封密信中摘录下来的”，“……在这些信里，胡风指挥他的反动集团的人们进行反共、反人民的罪恶活动，秘密地有计划地组织他们向着中国共产党和党所领导的文艺战线猖狂进攻”，第三批材料的“按语”说，“胡风和他的一伙是同帝国主义和蒋介石匪帮有着密切联系的一群反革命分子”；第二批材料另一个“按语”说，胡风这些人“组成了一个暗藏在革命阵营的反革命派别，一个地下的独立王国。这个反革命派别和地下王国，是以推翻中华人民共和国和恢复帝国主义国民党的统治为任务的。”

所有这些大的吓人的罪恶，几乎全都是从胡风和“胡风分子”的“密信”中发掘出来，并且全由《人民日报》编者以“按语”形式落实和公布了。那时候，好像有一些人，不但不顾法律，而且也不顾及常识。现在，所谓“胡风反革命集团”及其反革命罪行云云，已经查明是无中生有，这是党的十一届三中全会的实事求是的马克思主义路线的胜利。这种敢于是是非非光明磊落的气魄，才真正是一个党、一个国家兴旺发达的标志。我们这个古老国家有光荣的历史，也有不光荣的历史，历代封建王朝搞文字狱，大概就只能写在历史的黑暗的一页上的。古人搞文字狱的手段大体上是这样的：爬罗剔抉，吹毛求疵，深文周纳，无限上纲，所谓欲加之罪，何患无辞。其技法也不外是：剪头去尾，断章取义，牵强附会，随意嫁接和引申，或者张冠李戴，强词夺理。往往是先定罪名，再求罪证，认为你是什么东西，你就一定是这种东西；而且一经认定，即被“揪住”，如入落网，绝难摆脱。现在，回过头来研究一下，《关于胡风反革命集团的材料》的序言和按语，可以发现，类似的手段和方法，依稀可见，这种做法，诚然说不上什么创造发明，但在新中国的历史上确实是做出了一个并不美妙的榜样。从一九五五年以后，一个接着一个的政治运动，数不清的思想罪，文字祸，似乎都是用同样的方法罗织而成，人们从这里学到了据说是高度灵敏的政治嗅觉和辨别能力，学会了如何从言语和文字穿凿挖掘入人于罪的种种手段；无数次地从这里借用那些精辟的警句，重复那些耸人听闻的政治恫吓，模仿它那唯我独革、盛气凌人的态度。在所有“最最革命”的理论中，都可以找到它那寒光闪闪的痕迹。它给帽子公司和棍子工厂提供样板，成为一座真正的“革命大批判”的武器库。人们不是曾经使用相仿佛的手段来制造和批判“右派”言论吗？姚文元评《海瑞罢官》，批“三家村”，《评陶铸的两本书》，使用的不也是这种腔调和方法吗？什么梁效、初澜、罗思鼎包括第一张和第一千万张大字报，也都得到了这种战术的真传。二十年中，“序言和按语”的精神到处在战斗。“文化大革命”的英雄们运用他们丰富和发展了的罗织法，无情地一批又一批地把人们从“内部”赶到“外部”，随心所欲地转换着“矛盾”的性质：歪曲伪造，随心所欲，政治上要达到多大的目的，就相应地给你造出多大的罪名并且由此株连到多大的范围；需要什么“反面教员”，就可以把你塑造成一个什么样的“反面教员”。好文章掷地可作金石声，可是按语和序言式的文章掷地却作镣铐声。而创作这样的好文章，其实并不需要多少的“马列主义水平”，需要的只是卑鄙。

“序言和按语”式的批判不是马克思主义的批判。古代的和现代的罗织法也都不是科学，人们也许可以仰仗它达到某一种目的，但是因此失去的要比得到的不知高到多少倍。由于地位上“居高临下”，便以强词夺理，故入人罪的办法取胜，用文字狱的恐怖来维护“思想”领导权，效果如何，历史已有定论。这种做法，应该是马克思主义者所深恶痛绝的。因为它从根本上违背人民的利益，无助于共产主义事业。

第二批材料上，有一个重要的“按语”，谈到“我们在人民内部，反对强迫命令的办法，坚持民主说服的办法，那里的空气应当是自由的，‘强迫人’是错误的”。这些话是说得很好的。但是从那时以后，人们事实上并没有按照这个宣言办事，自由的空气事实上越来越稀薄，强迫的方法却越来越多地施行于人民。长期以来，我们过高地估计和依赖了“内部”、“外部”、这类矛盾和那类矛盾的理论和政策。因为实际上，内外敌我的尺寸和界限，只有当权者才能掌握，当权者欲治人以罪，则先加以这类分子、那个集团的称号，先把他们从“内部”推到“外部”去，然后生杀予夺，为所欲为，而且仍有代表人民对“敌人”实行专政的美名。这实在是长时期中民主荡然无存的重要原因。过去人们不是没有总结过教训，但说起来不外是“混淆了敌我界限”、“没有正确处理两类矛盾”以及“扩大化”之类，却不知道，如果内外、敌我这种理论和政策不是形成稳定的健全的法制，这种法制不是具有独立的不受任何特权干扰的权威，那么，这种“混淆”还会是无穷无尽，界限还是薄如纸、细如丝，人民的自由权利仍然是朝不保夕的。民主一定要制度化、法律化，并且应该尽全力来维护这种制度和法律的神圣权威，而不依赖只是由少数人掌握的富有弹性的、可以灵活运用的理论和政策。这该是我们要记取的教训。

“按语”谈到了“舆论一律”的问题说：“我们的制度就是不许一切反革命分子有言论自由，而只许人民内部有这种自由”；“我们的舆论是一律，又是不一律”。这些话都说得不错。可惜是20年中，尤其是1957年以后，舆论单方向地趋向一律，“文化大革命”时大字报“打破万马齐喑的局面”，但是实质上人们仍是按照一个本本喊口号，按照一种格式做革命的八股文章的。“不一律”的言论消失了。原因就是上面说的，内部、外部，这类矛盾、那类矛盾的尺寸和界限依少数人的意愿来确定。一方面提倡言论自由，一方面又实行以言治罪的不成文法。一方面，“人民内部容许言论自由”，一方面人民又往往由于这种“自由”的言论而变成敌人。有人说，专制使人沉默，殊不知道在极端的专制统治之下，沉默也是求之不得的权利，人们不但没有说话的自由，而且没有不说话的自由。舆论正是在这种情况下趋于“一律”。“一律”的舆论不是人民意志的表现：官样文章，自欺欺人。只是歌功颂德、粉饰太平、传达命令、恫吓大众的“一律”的舆论，正是定言论罪、抓思想犯、兴文字狱的成果，一个不应该得到奖赏的成果。

应该从宪法上、法律上确实保证人民的言论自由，包括批评党和国家的领导人的自由，议论国家大计的自由。在我们国家里不应有思想犯，不应有文字狱。只有这样，才可能有真正的人民的舆论。这样的舆论才能对社会主义社会的公仆起监督作用，防止国家政权的异化，也才能促进社会主义民主化和现代化的伟大事业。这一点，也是我们应该记取的教训。

马克思主义者掌握了政权，如果竟用权力来维护和推行马克思主义的理论，其结果一定同所愿望的相反。理论只能用理论的力量来维护，只能用自己的正确性和说服力去推行。如果不是这样，这种理论就会因为处于只许顶礼膜拜的特殊地位而逐渐僵化和衰退，如同历史上一次又一次发生过的事情那样。事实上并不是官做得越大文章做得越好的。过去多年中，“序言和按语”式的“批判的武器太多了”，往往没有批判，只剩下武器，如鲁迅所说，“从指挥刀下骂出去，从裁判席上骂下去，从官营的报纸上骂开去，真是伟哉一世之雄，妙在被骂者不敢开口”，实在算不得高明。

1982 年

原载《法律咨询》

开放城市的不开放

偶见报载某市关于领导干部不得配备女秘书、女司机的规定："一、任何国营、集体、内联事业单位的党员领导干部，以及'三资'企业中担任领导职务的我方人员，一律不准配备专职或兼职女秘书。已配备了女秘书的，要立即取消。二、领导干部外出工作、参加会议、下基层及因公出国或赴港时，不得单独带女职员同行。三、领导干部经常使用的车辆不得由女司机驾驶，凡有此类情况者，立即作出调整。"

这个"规定"的作出，当然有其原因，料想起来大概是：一、有关领导干部同女秘书、女司机以及单独同行的女职员等等的丑闻不少，影响甚坏，有采取措施的必要；二、处理这一类问题，也三令五申过，但见效不大，不胜处理，索性来个"一律不准"，干净利落；三、整顿党风政纪，当以处理群众最有意见的问题为先，女秘书等等问题，也许正是群众议论最多的问题，似应铁腕解决；四、秘书、司机工作，并不是非女性来做不可，一律另用男性，可以省去许多猜疑、流言、纠纷和麻烦。然而原因不是道理。这个“规定”之所以没有道理，在于它把已经发生或可能发生的丑事和问题的“罪过”或者说“根子”，全部栽在女秘书、女司机以及被领导干部单独带出去的女职员身上——否则，何不禁用男性领导干部？好像那些领导干部原都是正经人，只因为有了她们在身边，才变得不正经或可能变得不正经，现在把她们赶开，这些干部才可以不受诱惑、不受干扰，笃定做正经的好领导；又好像那些领导干部原来并不正经或不大正经，有了女秘书、女司机等，更容易“犯错误”，这个“一律不准”，可以使他们没有或少有犯错误的机会，可以专心一意地做好领导工作……

这些就算是“道理”吧，但这些道理站得住么？

或者说，领导干部用女秘书、女司机、带女职员出差等等，即使非常正经，但既然容易引发流言蜚语，损害领导威信，作出此一规定，有何不可？——从前，年轻的女子上街，人们就认定她要勾引男人；男女两人在说话，一定有不可告人的勾当……我不相信，这开放城市群众的文明开化水平，竟然只及得上王胡和阿Q？我也不信，此禁之后，就可以正人心，移风俗，领导威信就会大大提高？

中国从来就有一个把女性当“祸水”的传统：亡国，因为妃子是狐狸精；破家，因为媳妇是扫帚星；败军，因为军中有妇人邪气。“民国初年”时仍有禁止男女同校以正“风化”之举，连女人的袖子太短也要取缔，因为那会引坏男人，“伤风败俗”。直到现在，仍有提倡“贤内助”之说，言外之意，似乎内助不贤，男人就要犯错误。总之，社会风化之责，男性堕落之咎，似乎全部或大部分在女性。近日读周作人的文章，文中提到当时上海浴堂，有些大人带自己的小女孩入内洗浴，遭到当局命令查禁，不为别的，只因这“有关风纪”。周氏因此叹曰：“风纪比前变成更嫩、更脆更易损了”，又说中国人之道德如已堕落至非禁止女孩入浴堂乃不能维持风纪，“岂不深可寒心哉！”（见《谈虎集》之《风纪之柔脆》）

我想，某市领导干部的道德水平、党风政纪如到了非一律不准用女秘书、女司机等等便不能维持其“美好”的地步，那也是有点令人担心的。把坏事的根子只归之于女性，因而常常采用种种禁止、隔离、设防的办法——似乎也只能采取这样的办法，用鲁迅的话来说，那是“没有出息的男人们”用来推卸责任的。这话用在这里也许有点刻薄，但是，这个“一律不准”的办法，确实不是从根本上解决问题的好办法，充其量也不过是没有办法中的一种“办法”，而且从社会意义上说，这是一种倒退，同文明进步相背。开放城市竟有如此不开放的举措，难道不怕人家笑话？

1990 年 8 月

原载《上海法制报》

一个小小的考证：帝王自称

先秦，列国侯王多自称“寡人”，据辞书解释，这是“君主对自己的谦称”，有位年轻朋友曾问我：谦称可以有种种说法，为何别的不说，要说“寡人”？我信口回答：天无二日，国无二主，君主唯我独尊，无人可与比肩，所以自称“寡人”。提问者似乎不求甚解，如再问下去，我恐语塞，因为我胡诌的答案有一个很大的漏洞：这么说则“寡人”不是自谦之词，而是极其自负且又极其倨傲之词了。

宋代大学者朱熹另有一个解释：“寡人”，即君主谦称自己为“寡德之人也”。如齐宣王对孟子说：“寡人有疾，寡人好货”、“寡人有疾，寡人好色”，即是承认自己“寡德”。但如此，“寡人”则是老实自供之词，说是谦称，仍难以自圆其说。

忽然想起了袁世凯的故事，这倒是可以用来对这“寡人”作注解的。袁世凯杀人卖国，要尽手段，好不容易爬上皇帝宝座。一天，大臣赵尔巽去谒见，袁正在看报，赵发现袁看的《顺天时报》与他看到的绝然不同，大为惊异。外面的《顺天时报》一片讨袁反袁之声，袁看的却是满纸升平，歌功颂德，叫“洪宪皇帝”十分舒心——原来，这份《顺天时报》是袁的亲信伪造的专供袁一人看的。这样一个举世皆醒我独醉的皇帝，不是“寡人”又是什么呢？

试看历代君主，无不有佳丽三千，文武十万，还有无数乌靴太监、锦衣侍卫，一呼百应，热闹得很，但他看的是赏心的假象，听的是悦耳的谎言，人人都明白，只有他一个人糊涂，深深地蒙在鼓里，其实非常冷落、寂寞、孤独，千真万确是个“寡人”。侯王也有自称“孤”的。称王称霸，也叫称孤道寡。孤和寡其实说的都是一个可悲的事实。第一个自称“寡人”的君主，一定颇有自知之明和自怜之痛，但后来成了传统，一代一代都这么说，不去深省，自我感觉良好了。

秦始皇自视为“天子”、“天子自称曰朕”，此后历代皇帝又都自称“朕”。“朕”的本意是事物发生前的一种朕兆。隐约可知而不可见。为什么要自称“朕”呢？秦二世的宠臣、指鹿为马的赵高对此有过一番解释，他对二世胡亥说：“天子所以贵者，但闻以声，群臣莫得见其面，故号曰朕”，“所以示神明于天下也”。胡亥听了赵高的话，从此更加深居不出，听事传令全由近侍包办，实际上成了小人包围圈中的俘虏。“朕”同“寡人”差不多也。

研究一下帝王的自称，确实可以帮助人们更深刻地了解中国历史上的许多悲剧。然而，哀之而不鉴之，知道了也没有用，说了等于白说。

1990 年

原载《新民晚报》

闲话吃经

不记得是谁说过这句话："世间有两类人，一类为了活着而吃，另一类是为了吃而活着。"自以为属于后一类的人大概很少吧，因为那等于承认自己没有出息。然而也有例外。每年春节，先是忙得不可开交，其后又对着大堆食物发愁，强迫客人吃，强迫家人吃，"食之无味，弃之可惜"，自己硬着头皮吃。此情此景，确实已沦落到"为了吃而活着"的惶恐境地，每每为此暗暗叫苦：来年一定、决不自讨这个苦吃了。但来年春节，又以兴冲冲地采购开始，以暗暗地叫苦告终，如此循环往复，无法自拔。我终于不得不承认，旧习和传统的力量是不可抵抗的。

传统并非都很可怕，也有值得发扬光大的。近些年来，人们研究和继承"中华吃的文化"，成绩颇为可观。富丽豪华的大酒家都有传统"宫廷菜"供应。有些补品，广告说是根据某太后的秘方制成，于是别具魅力。孔夫子讲过"食不厌精"，子孙们似乎独有这句话记得特别牢，因此而有精美绝伦的“孔府菜”，现在也“整理”出来了。还有研究正宗的“满汉全席”该是哪些菜，该有几道菜，该怎样吃等等。不久前，许多名人雅集，专为享用一顿“宋菜”，宴席前后还开了“研讨会”，据说“对宋史研究很有价值”。近时，红学家和美食家又从《红楼梦》中发掘出了“红菜”或称“曹府菜”。“吃的文化”，看趋势将是古典文学研究一个热门课题。也许不久之后，人们还可以从《金瓶梅》上开发出“西门府菜”来。只有《水浒》，恐怕没有什么油水可挤了：大碗酒大块肉，就同普通西菜差不多，外国客人不会有兴趣，虽有浔阳楼的鲤鱼汤，却又有十字坡的人肉馒头，叫人大倒胃口——不过，这话也不能说绝，以学者和美食家的非凡才智，说不定仍会出奇制胜，玩出点什么花样来。

中外合资的“哈立克”曾经风行上海，害得年轻的父母们不断掏口袋。那时候，舆论似乎颇有点愤愤不平。就那么点爆玉米花，竟引得孩子们个个欢喜，竟卖那么大的价钱。幸好上海人争气，后来就有国产“沪立爆”来同它竞争。你有“肯德基”，我有“荣华鸡”。除了比赛价廉味美之外，还要比赛卫生、方便，不论胜负如何，总是脱出传统的进步。据未来学家说，随着科学技术的发展，社会活动节奏越来越快，人类饮食会越来越“快餐化”。绝大多数人毕竟还是为了活着而吃的。现在我们热衷于从传统中发掘“吃”的精华，虽说是文化史研究的一支，也有助于发展我国的“无烟工业”，为国家多挣点外汇，也未始不可，但如果沉溺于传统，以复古为继承，甚而以为越古越新鲜有趣，忘记了发展，忘记了竞争，好像“为了吃而活着”，那么，是很可能变得没有出息的。

1990年10月

原载《新民晚报》

与其在后，何不在前

常见质量管理部门公布商品质量检查结果，但不知其效果如何，但就消费者来说，却是另有一番感慨的。例如今年月饼吃了不少之后，阅报才见上海市技监局公布月饼质量监督抽查结果，不合格率竟高达50%，主要毛病是细菌含量大大超过规定标准。也不知道自己究竟吞下多少超标准的细菌，吐又吐不出，虽然悻悻，也只好作罢。反正久经考验，身体的抵抗力还是不错的。只是这类事屡有发生，却使我生一疑问：质量监督抽查或这种抽查的公布，与其在出厂或出售之后，何不在前？大家买回去了，吃过了，用过了再来公布这个合格那个不合格，又有什么实际意义呢？——出这步马后炮虽然不能说不厉害，但挽救不了广大消费者的输局。

再有一例：笔者几年来买过3只净水器，都是看了广告宣传后放心地去买的，然而先后都被公布为不合格品。买也买来了，用也用过了，怎么办呢？——我们喜欢说“亡羊补牢，犹未为晚”，但一次一次这么说，羊一只一只地跑，就不担心“亡羊一去不复返，此牢千载空悠悠”？

几年前，美国韩丁曾经对我们提一个意见说：“你们老是在批评昨天，而不批评今天。”这位老外对我们的国情只知其一，不知其二。

昨天之非，固然要批评，那么今天之非呢，难道不可像对待昨天之非一样批评吗？我想是可以的。然而批评今天要比批评昨天难上十倍百倍，大事小事大多如此，商品质量监督检查，也许只是一个小小的例子罢了。

1990年10月

原载《新民晚报》

南阳之战法先输

李谷一诉南阳《声屏周报》诽谤案，一时满城风雨，300位记者云集这自古兵家必争之地，南阳之战成为各报的热门新闻。读《解放日报》记者陈斌7月8日发自南阳的专电，其中有一段说：

“7月6日，在李谷一夫妇下榻处，南阳地区中级法院院长刘建秀、民庭庭长张清河等6名法官和南阳地委宣传部副部长及广播电视局正副局长，当着原告的面，要汤生午同意3条：承认所写文章全部失实；公开向李谷一道歉；承担经济赔偿责任，在此基础上调解结案。南阳地区一名宣传部副部长明确地向汤生午表示，如果同意这样的调解，一切费用可由公家承担，也不影响对他的使用，否则将考虑对汤的使用问题。面对种种压力的汤生午当场表示，他的文章是经过韦唯核对的，韦唯至今未改变原来的说法，自己怎么能说：‘全部失实’呢？在汤生午和王根礼拒绝这种调解方案后，法院院长告诫被告：‘判决的结果会更惨！’”

如果以上报道属实，那么南阳地区中级法院院长、民庭庭长，包括南阳地委宣传部副部长以及广播电视局正副局长以及衮衮诸公，正是在亵渎法律的尊严！——没有经过庭审，怎么就一定要被告承认“所写文章全部失实”呢？院长凭什么先就肯定地吓唬被告“判决的结果会更惨”呢？“判决”已经在开庭之前作出，那么，再开庭岂非如同演戏？法律的严肃性在哪里？又此案既已诉之法律，法律尚未作出公正结论之前，宣传部副部长又怎能对被告利诱（一切费用可由公家负担）、威胁（否则就将考虑对汤的“使用问题”）呢？院长大人是执法的，如此所为，岂不是执法违法？宣传部副部长大人当是懂法的，如此所为，岂不是明知故犯，恃权违法？——官司未打，法律先已黯然失色，输了一场。

又读 7 月 10 日《新民晚报》记者报道，记者在长途电话中问此案第一被告汤某为什么不接受法庭调解？汤说：“未审先判，我不能接受。”

且不论被告汤某是非如何，官司胜负如何，至少，在彼时彼地，衮衮诸公，似乎唯有这汤某在这一点上维护了法律的尊严！使法律没有一下子先输个精光。

记者接着报道：

“你对人讲过，这次怕要丢饭碗，是吗？”“确实讲过。我现在受到的压力很大。”

“如果法庭判你败诉怎么办？”

“那就罪有应得。”电话中传来汤的笑声。

“还上诉吗？”

“没工作了，吃饭的钱都没了，怎么打官司？”

哀哉南阳！

1990 年

原载《上海法制报》

“带走”和“留下”

上海龙华以桃花烂漫著名，花开时节，游人如织；但在那里同样著名的还有一个火葬场。臂缠黑纱，神色哀戚的人们，四季络绎不绝。唐人崔护的诗句“人面不知何处去？桃花依旧笑春风！”用在这里，倒是十分贴切的。在那鲜花和纸花之间，也常常容易勾起“生之大限”的念头，萦绕不去，仿佛夜色已经悄悄降临在白了的头发上。

据说，老年人容易“为死的恐惧所压抑”。活到90高龄的英国哲学家罗素，却是一个比较达观的老头子。他曾经说，年轻人怕死不无道理，但已经饱尝人生悲欢的老年人如果对死仍有恐惧，则“似乎有点可悲甚至可鄙”了。然而，“死的恐惧”（如果有这种恐惧的话），各有各的原因，似乎未可一概奚落。大凡一种是占有多，来不及受用，又生怕两眼一闭，所有落空，于是戚戚不可终日；占有越多，则恐惧益甚。

历代皇帝要人山呼“万岁”，慈禧太后连汤碗、痰盂都要写上“寿”字，就都是恐惧的表现，就像阿猫阿狗在走夜路时吹口哨一样。秦皇汉武，世称英主，其实这二位都害了很厉害的死的恐惧症，为了寻求“仙人不死之药”，干了许多荒唐事，祸国殃民，流毒天下。《史记》上一篇《封禅书》，记的就全是汉武帝刘彻的这些蠢事丑事。他梦想长生，一次一次地上当受骗，然而，“羁縻不绝，冀遇其真”，至死不悟。如果有人要写《骗子列传》，可一定不要漏掉“五利将军”、“乐通侯”栾大。栾大“为人长美”，“敢为大言”，自称能求仙得药，居然大受刘彻宠遇，封侯赐第，“贵震天下”，甚至把女儿卫长公主也嫁给他了。考之中外历史，大概没有另一位骗子的成就如此卓绝，当然，还得归功于受骗者的权力无边而又痴妄特出。现在人们讲历史，常常只记得汉武“雄才大略”，却忘记了他的委琐昏庸；只讲他的怎样伟大，却不提他如何卑怯。假如没有司马迁这样秉笔直书的史家，后世的老百姓只好永远蒙在鼓里了。

“仙人不死之药”原来是鬼话。权力可以杀人，黄金可以买笑，可以颠三倒四，可以睚眦必报，可以有三十六宫七十二妃，也可以苟延残喘，而长生无术，到时辰只好束手就死耳。不得已而求其次，于是把来不及享用的，生怕落到别人手里的，通通带到坟墓里去。秦始皇嬴政上建阿房宫，下修骊山墓，动员民工几十万，忙得不亦乐乎。几年后，又有劳项羽带着江东弟子浩浩荡荡地前来放火、挖土。幸而秦始皇的墓穴不只有一个，皇陵王冢不只有一处，因此我们现在还能够从地下挖出许多有价值的东西来。博物馆里的丰富收藏，说到底原来大部分是“死的恐惧”所出的成果。人民创造的东西又回到人民手里,这大概是秦皇汉武之流在“带走”时万万没有料到的。

另一种是古今读书人，他们之中景况小康的，也可能有藏书、存款之类，但大多数是温饱之资，决没有多到像汉朝的吕嬃女士那样，因为不甘心易手而拿来散在堂下。抄家这个办法，对财主是致命的，于才子却所损无几。才子的真正“财富”是砸也砸不烂，抢也抢不走的，如果带去黄泉，即使跟着去盗墓，掘地三尺，也一定毫无所获。罗曼 · 罗兰曾说，每一想到人世间许多天才思想随着停止跳动的心脏长眠地下，永远消失，他就感到肝肠寸断，痛苦万分。占有知识的人,大多同皇帝和财主相反,虽面临“末日”不免“恐惧”，但怕的是来不及把所有的“留下”，于是夙夜匪懈，即鲁迅先生说的“赶快做”是也。罗素的好几部名著，就都是在七八十岁以后“赶快做”出来的，也许正是“死的恐惧”出的成果。曾经有人讥笑司马迁受了宫刑的奇耻大辱仍然隐忍苟活，他回答说，“恨私心有所未尽，鄙陋没世而文采不表于后世也”。正因为他如此恋生恶死，中华民族才有了一部千古不朽的《史记》。当然，你说这是“为名”也好，“为利”也好，但总之是对人类有益。要是没有一代代有经验有知识的人不断“留下”，恐怕我们现在还在凿洞而居，茹毛饮血。拿司马迁来同他的“今上”刘彻相较，孰为“可悲甚至可鄙”，岂不是“像白昼一样清楚”？

我们有许多知识分子，劫后余生，两鬓如霜，仍然勤于传道授业、编纂著述，把生命最后一根弦拉得紧紧的。衷心愿望这些可敬的老同志也恋生恶死，寿命越长越好，让后一代得到更多的“遗产”。有位老同志告诉我，他数年如一日，早上到公园打太极拳，回到家里就“赶快做”写他的记者生涯回忆。我想，这就是争取把更多东西留下来的一个好办法。

1984 年 6 月

原载《上海盟讯》

“不冤枉一个好人”更重要

我几乎是情不自禁，逢人便说，我读了一本好书，曾彦修同志的《审干杂谈》，是湖南人民出版社出版的一本小册子，但是我以为它的分量要比一些大部头著作重得多。

一口气读完这本书，由衷地赞叹作者的真诚和勇气。虽然情势不同从前，可时至今日，审干问题的神秘化和不受群众监督的地位，在人们的思想上似乎还没有彻底打破。“独立敢言人所难”，公开来议论这个问题确实需要勇气。本书部分内容在《新观察》上发表时，有的同志为作者捏一把汗，认为这个人冒天下大不韪，“不接受教训”。然而，作者自己说，他正是充分而沉痛地接受了几十年全国全党的历史教训，怀着一个共产党员起码应有的道德、良心和责任感，才坦然无疑地来讲真话的。而且作者同我们一样坚信：我们国家已发生了不同寻常的变化，我们有一个坚持马克思主义的实事求是路线的党中央，我们的国家和党正在“日夜向着光明迈进”。

现在正是有识之士应该殚精竭虑，进尽忠言的时候。

这里并没有记述什么惊人的重大的冤假错案，讲的只是 1965 年到 1966 年春夏之际，作者在上海参加一个印刷厂的一个车间的“四清”工作时所发生的事情。在这个车间里，原来被怀疑有大小政治问题的三十来个人，由于工作组坚持实事求是的态度和方法，最后都一一弄清楚了，“一个也没有称得上问题的问题”。作者举出一个个例证，用亲身经历的事实来向人们呼吁：对于人的政治历史的审查，决不能轻率从事，要有“战战兢兢，如临深渊，如履薄冰的精神”，坚持实事求是，调查研究与和风细雨的态度。好一个“战战兢兢，如临深渊，如履薄冰的精神”！所有受党和人民的委托来做这个工作的同志，都应该把别人的政治生命和身家性命看得比自己的更重要。

我们当然要警惕，不要把坏人当做好人。但是过去几十年的事实教训我们，尤其应该警惕不要把好人当做坏人。过去人们也常常说：“不放走一个坏人，不冤枉一个好人”，但说说容易，做到实难，做到后面一点更难。在“左比右好”、“宁左勿右”、“左是方法问题，右是立场问题”等等观点盛行的时候，这样做往往要顶住种种压力，还要冒着断送自己的政治生命的风险。不少同志甘愿为此牺牲，他们对得起党和人民。但在那些年月里，昧着良心不保护好人，甚至有意把好人说成坏人以邀功取赏的也大有人在。作者说：“不敢保护好人，不能做共产党员。至于披着共产党员外衣，而有意陷害好人的人，那种人是假共产党员，是共产党和人民的敌人。

这就是我的结论。”我完全同意这个结论。

我们党伟大、光明磊落、大公无私、实事求是。十一届三中全会以来，平反许多冤假错案，使许许多多的人得到新生，万民吐气，但是这个事实也说明，在我们的伟大的光明面之外，也曾经存在一个黑暗的侧面。历史的教训不能忘记。这本小册子一定能以它真诚、坦率、朴实无华的叙述和深切的感受，去提醒人们，要慎重地、实事求是地处理人的问题，决不要再让历史的悲剧重演。

1985 年 10 月

原载《红旗》

打不着的云龙雾豹

前一段时候，毛阿敏突然成为新闻媒介的热点，不是因为她得奖，而是因为她逃税，流行歌星一时竟像过街老鼠，全国的报纸、期刊、电视和广播纷纷喊打，就像某报一篇短评不无得意地说的那样："始而无情揭露，继而跟踪采访，接二连三，咬住不放"，直到毛阿敏"慑于舆论"，不得不怏怏然上税务局去。但还没有完，当局依法给予处罚，有的报刊还在讨论这位活该倒霉的年轻女士是否构成犯罪，有的对她在台上"叫喊几声，呻吟几声"仍捞到那么多钱表示愤慨。（尊敬的先生，您倒叫喊几声，呻吟几声试试看！）新闻界对一起逃税事件如此同仇敌忾，穷追不舍，密锣紧鼓，可以说是前所未有。舆论似乎在这里显示了自己的力量，新闻记者的"咬住"精神着实可嘉。

记得去年夏末秋初，大众正为酷暑和飞腾的物价所苦，九月三日《人民日报》发表了题为《坚决惩治官倒》的评论员文章，强烈谴责官倒“倒得物价腾飞，市场动荡”，说“广大消费者痛恨官倒，广大生产者痛恨官倒，党中央、国务院也下决心惩治官倒”，呼吁“领导机关和执法机关要真正拿出铁面无私、执法如山的勇气来惩治官倒”，大声疾呼“官倒不治，国无宁日”。这一声势凌厉的檄文，是有可能叫倒爷们出一身冷汗的——官倒尚且要治、敢治，何况非官而倒？可惜的是雷声隆隆过后阴转多云，多云转晴，刊载这篇大义凛然的评论的众多报刊，后来似乎都缺乏像今日抓住毛阿敏狠揍的那种“始而无情揭露，继而跟踪采访，接二连三，咬住不放”的斗志，再后来，甚至何谓官倒，据说也不甚明确，界限不清，需要慎重研究了，如果冒冒失失“瞎嚷嚷”，倒会影响安定团结，弄得不好，倒会“国无宁日”了。呜呼！有幸而为高深莫测的官倒，不幸而为走穴扒分的歌星！

事实上，记者们并没有吃干饭，官倒也曾陆续揭露一些，党和政府也处理过一些，只是人们依然有“打苍蝇不打老虎”之讥。几个月前在全国人大会议上，有几位代表对整治官倒不严、不力大发感慨，提出“社会上现在有一种说法，叫做‘小倒戴手铐，中倒做检讨，大倒作报告’”。近日报载某地不少企业原材料紧缺，求助于倒爷，成千吨钢，成万吨煤，只要愿付钱，转手即得，因此奉倒爷若救星恩主，不敢怠慢，更不要说去“举报”了。取国家计划控制的紧缺物资如囊中取物，总是实权在握的官员吧，或者多少同握有实权的官员有点粘连吧，否则，哪有这般神通广大？虽在清理整顿的大气候中，官倒仍然未倒也。

《易》曰："神龙见首不见尾"，子曰："云龙雾豹，隐而不现"，苍蝇好打，如有点冒险精神，老虎也不难打，停在老虎头上的苍蝇也不妨打，只是那腾跃在云霄上的龙，深藏于雾霭中的豹，说怎样也打不着。例如，据说要重点清理的若干家大公司，究竟清理得怎样了，责任者何，结果如何，一年半载未见分晓，且不论"铁面无私，执法如山"真正怎样，只说这清理工作的效率，就叫人大失所望，有关部门在人代会上答复过代表的质询，但从新闻媒介的报道上看，语焉不详，似乎冤无头，债无主，很不透明，仍然是云遮雾锁，云龙雾豹，无以追踪，更难咬住，此乃记者之过乎？或非记者之过乎？

1989 年 4 月

原载《新民晚报》

人不是冬青

在花园里，总可以见到一行行绿色篱笆，矮矮的冬青一株株紧挨在一起，十分整齐。那是园艺工人的劳作，他们带着锋利的大剪刀，见到哪里冒尖，哪里窜出枝桠儿，便咔嚓咔嚓地剪光修平，一点儿也分不出高低来——很多时候，我们对人才的待遇，似乎也是如此。前些时候，给奥运金牌得主以重奖，破例了，冒尖了，于是就引起许多人的“心态不平衡”。

市场经济带来人才的竞争，许多打破旧习的事情将不断在我们眼前出现。出路，也许唯一的出路就是去适应它。不服人家得重奖，何不也下水以 24 秒 78 游 50 米试试看？据说，流行歌星的高收入使有些人很不服气：“在台上那么哼哼几声叫喊几声竟值那么多钱？”那么，请君不妨也上台哼哼几声叫喊几声试试看？也许会有人反驳说，都去当运动员和歌星，还有谁干别的行当？这很简单，按照市场供求规律，物以稀为贵，运动员和歌星过剩了一定要跌价，于是他们之中便有不少人要赶快改行。自由竞争，大浪淘沙，每个人都要把自己的弦拉得紧紧的，心态哪能平衡？“平衡”当然轻松、舒服，也睡得香，但一定没有出息，一个人是这样，一个团体和一个社会也是这样。

奥运金牌得主得重奖，也引起不少人为那些有重大贡献的科技人员鸣不平，后来也就有给科技人员发奖的。很好很好，这正是给运动员发重奖的最佳效应。从前，有谁替我们的科学家和工程师鸣不平的呢？去年，某研究所的一位工程师按规定可得几千元奖金，但他就是不敢拿，害怕“摆不平”。经过长时间的研究讨论，终于拿出个仿佛园艺工人管理冬青似的“集体主义精神”的分配办法：从所长到门卫人人有份。这才大家“心态平衡”，包括那位工程师自己。现在，科技人员敢于受之无愧地拿那一份理该属于自己的奖金，这就是很大的进步。

不久前，杨振宁曾向我们建议，要让有成就的科技人员出名，要给他们特殊待遇。这话让一位美籍华人来说，未免叫人伤心。两弹元勋邓稼先与杨振宁同学，然而后者名扬天下，而大多数国人知道邓稼先这个名字时，已经是“黄鹤一去不复返，白云千载空悠悠”了。多年来，每当翻开报纸看到大标题颂扬某位人才或功臣，我便有一种不祥的预感：凶多吉少。仿佛我们公开颂扬的并且对之特别慷慨的多半是死人或病人。我们知道曾乐这个名字时，他已身患重症。曾乐至今健在，还拿到重奖，万幸之至。我们的记者先生，常把杰出人物的生活如何清苦，如何带病超负荷工作，当做一种美事写入“大特写”，少有为此痛心疾首，为之大声疾呼的。唐代的韩愈说，千里马虽有千里之能，食不饱，力不足，“望欲与常马等不可得，安求其能千里也”？其实不是我们的见识不及古人，根子在于那个管理冬青的体制。常见传媒报道庆功会表彰会，与会领导的名字一个不漏，但立功者名字竟隐而不见。这种辱没人才的官本位现象，多年来我们竟见怪不怪，习以为常，岂不令人长太息！

摧枯拉朽的市场经济和市场观念将彻底改变一切埋没人才亏负人才的现象。是人才，就要在竞争中脱颖而出，就该赢得他理该赢得的荣誉、金钱和地位。

人不是冬青！

1992 年 12 月

原载《解放日报》

效率与威信

不久前，见一报道说，某地建造一座大厦，从申报至今，共盖章1096枚，其后，该报又刊出更正报道，大致说："省市领导对此十分重视，组织调查组对此进行了详细调查"，最后"查实"千枚图章并非全部该由政府负责，在审核过程，政府部门只盖了172枚云云。

"领导十分重视"大概属实。调查组的"详细调查"不过10天便作出报告并见之报端，非"领导十分重视"恐无此效率。然而，笔者仍有点不明白的是：千枚图章突入领导"重视"的视野之内，是由于它反映出来的工作效率问题亟待改革呢，或是由于它反映出来的效率问题有损政府威信急需"更正澄清"？1096枚无疑有低效率之嫌，而172枚是否便为高效率，是否少于此数便大事不好，更正报道没有说，不便妄测，而政府部门的威信却似乎这样"维持"住了，此后仍在老轨道上照常运转，却可想而知。无论如何，1096落实到政府身上只有172，确实如释重负，大舒一口气，挽回了威信和面子。我仿佛见到孔乙己先生伸开五指罩住一碟子茴香豆，情急地说：不多，不多，多乎哉，不多也！

秘鲁经济学家迪·索托曾对祖国的经济情况调查研究多年，为此著书叙述大量因政府低效率而窒息经济的实例，有一例是著者亲历：他经营企业，为了领到营业执照，不得不雇用四位律师来解决各种规章制度的难题；他的雇员一次次地走访政府办公室，递交了不计其数的申请表，排长队，填表格，以一个人每天奔走 6 小时计，花掉了 289 天才终于把执照拿到手，与此同时，迪·索托的雇员在美国佛罗里达申请相同的营业执照，为此只花了 3 小时半。这位爱国的经济学家喟然叹息道，我终于明白了，为什么有的地方穷，有的地方富；世上许许多多国家在求富图强，但只有少数取得成功，这是因为他们的工作效率高，人民有更多自主权。他在结论中说：“低效率的官僚机构必然扼杀经济活力，效率二字，实在是国家繁荣富强的命脉！”——遗憾的是，这有关命脉的效率二字，却常在我们某些领导“重视”的视野之外！对有些人来说，面子（或曰威信）似乎比效率重要得多，奈何奈何！他们似乎永远弄不明白：一个政府的真正威信与其工作效率，其实是成正比的。

法国作家米歇尔·考纪埃说过，“什么是官僚主义？官僚主义是一种不能从自身所犯的错误中吸取教训并改正的错误的制度”。本文所述事例，难道不正是不幸而为考纪埃的断言作了佐证？

原载《新民晚报》

苦恼的夜莺和饥饿的夜莺

什么都贵了，只有文章仍便宜。记得年轻时，一篇千字文的稿费，便可以邀二三好友上南京路新雅粤菜馆吃喝一顿，如今同样一篇稿酬，恐怕难上长安饺子楼。有位已经下海的文士说得绝：同炒股票比较起来，爬格子等于自杀。自市场经济兴起，编辑向作者约稿，常如失败的求爱，前脚刚跨出大门，玫瑰花就被从窗口丢了出来。依然以文为业者，也按市场规律：写成好文章，卖与阔佬家。这就使穷刊物的编辑更为难。现在，不少杂志社在办“三产”，意欲以商养刊，可是，大多数编辑不善做生意，正像他们大多数不会翻单杠、踢足球，因此成者甚寡败者众。

“天之未丧斯文也！”据报道，深圳某公司包下某文艺月刊一切办刊费用，要求其“五年内办成全国一流期刊”。以雄厚资力为后盾，出高稿酬，似有奇效，该刊“已组织到活跃文坛一些作家的力作”，这大大增强了该编辑部攀登“一流”的信心。

办成“全国一流期刊”当然不容易，但有了雄厚资力并假以时日就能办成，即可见其实不是很难；作家出“力作”本难，但报以高稿酬，便如喂饱的母鸡多下蛋，其实也颇容易。如果就这样果然五年有成，老板的“要求”成真，则叱咤于商场者日后将叱咤于文坛，摇笔杆子者岂将日渐无足重轻？希望有更多慷慨的有志于文化事业的公司来“包办”，但过分依赖或笃信这种“包办”能旋转乾坤，制造“一流”，则又不免令人有“天之将丧斯文也”之叹！

匈牙利诗人裴多菲在其友新婚蜜月时，诗赠新娘，大意说：苛待他吧／他是苦恼的夜莺／他在痛苦中歌唱／在幸福中将会沉默。今反其意而用之：优待他吧／他是饥饿的夜莺／喂多了会唱个不停／喂少了将默不做声。

当然，这首打油诗只能投寄“三流期刊”了。

1993 年 5 月

原载《新民晚报》

我读《史记》

在那非常年代，我身边只有两部可读的书，一部两卷本《马恩选集》，一部《史记》。我的这部老气横秋的线装本《史记》竟躲过被抄掠的厄运，那是因为司马迁讲的关于死的重轻的话见诸人人背诵的《老三篇》，当然他就不算反动派。在漫长的年月里，只要有读书的空间和时间，我读的几乎就只这一部《史记》，一遍遍地、一心一意地读的就只这一部《史记》。

在农场，晚上没有电灯，有了电灯也要按时熄掉。我便用手电筒在帐子里读，常常读到深夜，读到泪湿枕巾，读到东方发白。我把辛辛苦苦省下来的一点劳动收入都买了干电池了。《史记》令我着迷，慰我无可排遣的寂寞，帮我宣泄隐痛，使我进入一种凄凉悲壮的境界。我不顾辛劳，睡眠极少，我的高血压症也是在这个时期发现的，从此因祸得福，常有病假，一个人在静静的宿舍里如痴如醉地读《史记》。麻雀有时竟大胆地跳进窗口，我情不自禁的自言自语或重重的一声叹息，才把它们突然惊飞。

司马迁绝对不是一个客观的、冷静的历史学家，《史记》也绝对不只是一部历史。鲁迅说《史记》是“无韵之离骚”，确实如此。司马迁讲了几句让汉武帝不高兴的话竟被处以极其惨酷的、极大侮辱的宫刑。在从前，士大夫会因此自杀以维护家族和人格的尊严，然而司马迁为了写成《史记》，饮恨隐忍，以超人的自制和毅力活了下来。他的一腔幽愤、满腹牢骚，都借着《史记》来发泄。常常在沉静的叙事中忽然迸出情感的火花，或峻刻峭利，或如乱章急管，慷慨激烈。司马迁自己说，要“论书策以舒其愤，思垂空文以自见”；写成这部书则可以“偿前辱之耻，虽万被戮，岂有悔哉！”士大夫讲中庸之道，“有余不敢尽”，司马迁则不放过哪怕一点点由头“以舒其愤”，发挥又发挥，唯恐倾吐不尽；作文讲究精炼和章法，司马迁在发牢骚的时候则反反复复，唏嘘不已，文字似乎累赘，然而豪放不羁，意气纵横，惊心动魄，倒使人觉得别的那些短炼精严的名文萎靡不振了。

《史记》的精神和风格深得我心，使我倾倒，沉迷不愿自拔。有一段日子，我常在绿草如茵的山坡上放牛，风景如画，但我哪有闲情？哪有半点田园牧歌情调？我只在树荫下苦读悲愤的《史记》，有时掩卷叹息，有时仰天大叫，以致那些农村牧童以为我有神经病。

《史记》确实曾经给我许多精神滋养，然而直到现在，我仍很难说它给我的全是好的。它确实曾经教我坚韧奋发，但也由此增加了许多不平和牢骚，似乎有无限郁积，愤世嫉俗，狭隘偏激，有时虽也力求平静与从容但不可得，好像已养成一种坏脾气。

我曾就《史记》各种版本和各家评注的优劣得失去请教胡道静先生，受益不浅。那时道静先生刚从冤狱出来不久，曾被“安排”在虹口公园附近的甜爱路一带扫马路——那才真是“斯文扫地”。然而，老先生是那么宁静，怡然自适，即使谈论满身是刺的太史公和怨气冲天的《史记》，也依然那么祥和，“拈花微笑”。呜呼！哲人读书养气，我则读书而生气——人之胸襟涵养，相去岂不远哉！也许正因为如此，道静先生是大学者，我则什么也不是。我有时甚至怀疑：是不是白读了十年《史记》？

如今白发苍苍，但愿有朝一日以另一种心情再来细读《史记》，也许会有另一番感受吧。然而离休多年，仍年年忙于编务，竟不得数日读书之闲，岂不令人惆怅！

1994 年 12 月

原载《联合时报》

读《孟秋江文集》随想

夏夜骤雨，且不管窗外石榴花落多少，灯下翻读新出的《孟秋江文集》，为之神往。今年是反法西斯战争胜利50周年，时光流逝，从前的国难家仇、酷烈悲壮，有多少人记得？眼前的这本翔实的战地通讯集，定能唤起人们对历史烽火的记忆。

往事如烟，但有一件事我记得真切。七七事变，我还是三四年级的小学生，老师带我们上街宣传抗日。记得小时候我虽然十分顽皮淘气，但真要一本正经地应对和谈话，反而格外腼腆，用大人的话说，叫做“不上台面”。然而那时候，站在高凳上情绪激昂地演讲（当然是老师教好的），却一点也不怯场。那些听众包括大人也包括平日同我在街上互相追逐玩要的孩子，也都非常认真地听着我演讲。也许这就是所谓同仇敌忾吧。

抗战年代，范长江、孟秋江、陆诒等著名记者的战地通讯，确是有许多认真的读者的，我就是其中的一个。我立誓以笔为生，多少受了他们的影响。

读冯英子给《孟秋江文集》写的后记，知道这位名记者身后尤其寂寞。按理说，一个在中国屈指可数的著名记者，曾在民族战场的枪林弹雨中出生入死，写过许多激动人心的文字，现在出他一个文集，是很有价值，很有意义，也应是不很难办的事吧？事实上却很难很难，文集的编者化缘似地才苦苦凑到了出版这个文集所需的款项（也不过是阔人一顿酒宴的价钱罢了）。人们之健忘，世态之炎凉，岂不令长逝者私恨无穷！日本一些阁僚不正视日本军国主义的罪恶历史，但退而反问诸已，我们都真正正视和珍视了自己艰苦奋战的历史吗？《孟秋江文集》出世之难，就是一个旁证。冯英子《后记》中说，在终于凑齐款项之后，“感谢出版社接下了我这笔生意”，这话说得很辛辣，但最辛辣的话也是最真实的话。现在什么都是讲做生意的，出版社也不例外，赔本的生意谁都不肯做。一位有心人调查，书摊上那些相命卜卦，奇门遁甲的宝贝，竟有相当一部分是正儿八经的出版社出的，何也？因为那是赚钱的生意。

美国作家米勒说过，不是发生在街上的都是假的，他说，真正的英雄不是历史上的拿破仑，而是儿时把他打得鼻血直流的小流氓。可不是吗？在一些人心目中，真正的英雄不是从前血洒疆场的战士，也不是埋头苦干的劳作者，而是眼前毫不可惜地把 XO 洒在雪白台布上的大款。也只有写得出畅销书的才是真正的作家。价值只用金钱来衡量，这就是生意经。

前几天听新闻广播，说是北京有个青年，看完《白毛女》一剧之后，写信给报社说，杨白劳欠债还债，天经地义，黄世仁讨债本无可非议，只是态度和方法恶劣罢了。这也许就是举世滔滔大讲生意经的社会效应吧？但愿这只是极其个别的例外。

1995 年 8 月

原载《新民晚报》

“样板戏”的历史使命

日前，在《文汇报》上读到一篇《“样板戏”七人谈》，话题是去冬今春以来舞台上的样板戏热引起的。其实，样板戏的“回潮”不止一次，唱不唱样板戏的争议乃是老话题。大约十年前，那时候，“文化大革命”的记忆比之现在当然更真切，样板戏的回潮，竟使一位我们非常尊敬的老作家因此做了一场噩梦。然而有些人却认为，样板戏本是“革命文艺工作者辛勤创作的成果”，虽曾被江青所窃据，仍不失为百花之一，“唱唱又何妨”。说实在话，笔者从不认为那非驴非马的东西是什么了不起的“成果”，也从未有过感谢那些“革命文艺工作者”的意思，但那时，对于“唱唱又何妨”的高见，却毫不犹豫地表示赞同，所持理由如下——记得那一年春节，中央电视台的春节晚会曾受到颇为严厉的批评，据说是“不严肃”，有些节目简直就是“低级趣味”。挨批的闻过即改，翌年春节就“严肃”起来了，“样板戏”也上场了。这一次，得到的果然是称赞。看来，在需要“严肃”，需要加强什么“政治思想性”或清除什么“污染”的时候，这个“呕心沥血的结晶”还是件法宝，它还没有完成自己的历史使命，当然也就不肯轻易退出舞台。承认事实，这就是我赞成“唱唱又何妨”的理由之一。

好心的女士、先生们总认为，独霸艺坛折磨人们长达十年之久的样板戏必定人人憎恶，就同“文化大革命”人人反对一样。实际上并非如此。就说反对“文化大革命”吧，有的人是因为它整人，有的人却只是因为它整了自己，思想感情并不一定相通。就选1957年反右运动，有的人痛心疾首，以为那是闭塞言路，国家多难的滥觞，有的人却仍要基本肯定，以为不那么一来，舆论安能一律。样板戏也是这样，有人听了要做噩梦，有的人却睡得更香，一方在受苦，另一方在作乐，无法强求一致。这是我赞成“唱唱又何妨”的理由之二。

一本小说能推翻一个政党，一出戏能复辟一个政权，有些人总是如此这般高估文艺的能量，江青就是一个。剪灭群芳，独尊样板，“最最革命的文艺”横扫一切，然而到头来这位旗手还是住不成紫禁城却去了秦城，落得个铁窗下愁肠百结，终于自寻了断，文艺何与有力焉？现在，就是天天“唱磨剪子来抢菜刀”，就能唱出一个什么局面甚至唱出再一次“文化大革命”吗？果然再来一次，那也是由于别的原因，决不是由于有人唱了样板戏，这是我赞同“唱唱又何妨”的理由之三。

要是没希特勒或江青之流来专政，文艺的兴衰，其实并不取决于某种政治或哲学，而是取决于公众的趣味好恶。用强制的办法禁止什么，成效甚微，且往往适得其反，俗话叫做“鬼火愈打愈旺”。用强制的办法提倡什么，也往往不能久长。文化领域的东西，更多的时候是自生自灭。怕受折磨的朋友，尽可以拂袖离座或拿起遥控开关，何必因己之所恶而夺他人之所好？这是我赞同“唱唱又何妨”的理由之四。

人们听了样板戏心惊肉跳之余，就来积极提出建立“文革”博物馆的建议，不知为什么，这建议后来没有下文。如果真的有了“文革”博物馆，样板戏肯定是重要的馆藏和展品之一，对年轻人尤其会大有启发。样板戏并非一点点好处也没有，这是我赞同“唱唱又何妨”的理由之五。

十年过去，如今又躬逢样板戏回归之盛，而上述理由似乎大半没有过时。由此，又不禁嗟叹吾人之不长进，与乎“政治思想”之穷、“革命文艺”之乏也。

1996 年

原载《上海盟讯》

漫谈尊重人才

我向握有人事权的先生女士们郑重推荐司马迁写的《魏公子列传》，读几遍，也许多少会有感动和启发。魏公子信陵君是战国著名四公子之一，列传中有一段关于他如何尊重贤人智者的非常深情生动的描述。信陵君以王子之尊，名扬天下，有一次——

“置酒大会宾客，坐定，公子从车骑，虚左，自迎夷门侯生。侯生摄敝衣冠，直上载公子上坐，不让，欲以观公子。公子执辔愈恭。侯生又谓公子曰：‘臣有客在市屠中，枉车骑过之。’公子引车入市，侯生下见其客朱亥，睥睨故久立，与其客语，微察公子。公子颜色愈和。当是时，魏将相宗室宾客满堂，待公子举酒。市人皆观公子执辔。从骑皆窃骂侯生。侯生视公子色终不变，乃谢客就车。至家，公子引侯生坐上座，遍赞宾客，宾客皆惊。酒酣，公子起，为寿侯生前。侯生因谓公子曰：‘今日嬴之为公子亦足矣。嬴乃夷门抱关（看守城门）者也，而公子亲枉车驾，自迎嬴于众人广坐之中，不宜有所过，今公子故过之。然嬴欲就公子之名，故久立公子车骑市中，过客以观公子，公子愈恭。市人皆以嬴为小人，而以公子为长者能下士也。’于是罢酒，侯生遂为上客。”

信陵君自己是个人才，而又如此尊重人才（出自肺腑而非虚文俗礼）。信陵君在，强秦二十年不敢东出函谷关；信陵君不用，魏遂弱，不久为秦所灭，其一身系天下安危故如此，魏国不能信用人才的后果故如此。秦始皇公开以“知识越多越反动”为宗旨，镇压人才，把他们踩到地下；他动员百万大军营造长城，却又自毁真正的长城。虎狼之秦终于成为历史上最短命的王朝。“秦人不暇自哀，而后人哀之；后人哀之而不鉴之，亦使后人而复哀后人也”。

不尊重人才的历史悲剧确实多不胜计。因为尊重人才，说说容易，做到却难。我们亲眼看到也亲口尝到不尊重人才的苦果。有人说我国现在落后于发达国家二十年，也有悲观的说三十年、五十年。美国有个兰德公司却说，中国现在已经同发达国家差不多了——那是不怀好意，要给我们复关设置障碍，对这顶“高帽”只能敬谢不敏。然而不管怎样，我们在赶上去，在不断缩短这段差距，却是事实。

关于人才问题邓小平曾提出两点：第一，切切实实地给知识分子解决一点问题；第二，要创造一种环境，使拔尖人才能够脱颖而出。“人才是有的。不要因为他们不是全才，不是党员，没有学历，没有资历，就把人家埋没了。”

“使拔尖人才能够脱颖而出”，这也是对人才的尊重。常见有庆功会表彰会报道，与会领导者的名字一个个不漏，不厌其烦，而立功者竟笼而统之，一笔带过，好像婚礼的主角倒是贺客食客，竟不知新娘新郎姓甚名谁。诸如此类不尊重人才的官本位现象几十年至今未改，人们也好像见怪不怪了。

中华民族的振兴需要杰出人才，需要创造尊重人才的风气和环境。为此仍需要破除许多旧观念旧做法，尤其需要掌握人事权或舆论权的先生女士们破除旧观念旧做法。当然，还有一件很要紧的事是发现人才和培养人才。科学家和教育家也责无旁贷。有许多伟大科学家，是把发现和培养了人才当做自己最值得骄傲的成就的。

1996 年

原载《上海盟讯》

在溥仪“归葬清西陵”新闻后面

末代皇帝溥仪“归葬清西陵”消息传出，议论纷纷，冯英子更写了一通义正词严、掷地有声的文字，对此提出异议。此何时也？再来为皇帝营造陵墓，悖时悖德，实在叫人惊奇而且愤慨。然而，前天读了《金融时报》记者施韬先生到易县清西陵实地采访的报道，这才恍然大悟，“归葬西陵”之说原来如此，先前大家的愤愤不平，颇似无事自扰，英子老兄也似乎误把风车作妖怪，白花了一番拔剑而起的力气了。

一年前，李淑贤应港商张先生的请求，把溥仪的骨灰从八宝山公墓中取出，迁葬于易县崇陵后面的“华龙皇家陵园”。名曰“皇家陵园”，其实是皇陵保护区内一座由港商和当地民政部门合营的公墓，只要有钱，谁愿意“归葬”就“归葬”，并非皇子皇孙龙种才够资格在此安息。就像上海有家酒楼叫“海上皇宫”，不是只有四海龙王在那里吃饭；五星级饭店的“总统套房”，不只是接待列国元首，谁肯花钱，谁就可以在那里过龙王瘾、过总统瘾。可惜的是，名字虽然气派非凡，却因交通不便，那“皇家陵园”门庭冷落，一片蔓草荒烟，一万多个墓穴频频招手，应者寥寥，至今预订的只有数十个，已经到位的只有八位。于是，经营者眉头一皱，把点子出到了溥仪的骨灰盒上。于是，皇帝陛下就被请到这个“华龙皇家陵园”里了，墓穴是陵园老板奉送的。据说一座像模像样的“陵”正在设计中，一切费用也将由老板掏腰包。“为什么要花那么多钱给溥仪修坟呢？”管理陵园的老头回答：“你想想，和皇帝葬在一起，多风光！”可以预料，这陵园的生意一定会红火起来。原来，给有名的死人赠墓穴，同给歌星、影星赠别墅一样，都是为了求个“名人效应”，增加那里的知名度，做广告招徕顾客，市场经济的商业行为，市集上的吆喝叫卖，如此而已，其实大家用不着那么义愤填膺，更不必担心那是“历史倒退”。历史仍在不停地前进。从前，动一动皇陵一坯土罪该灭族，如今竟可以大模大样地同皇帝躺在一起，尽管是闭眼之后。

溥仪临终而有“归葬西陵”遗愿，做鬼仍要复辟，这一点也使人愤慨万分。然而，平心而论，在那据说能把“皇帝改造成公民”的年头，万岁、万万岁的呼声响彻云霄，这声嘶力竭热度至于沸点的一群群，不也都是共和国的公民？我们又为什么特别苛求，特别相信这位末代皇帝真能脱胎换骨呢？

1996 年 2 月

原载《新民晚报》

书生报国　笔耕不已

——悼念陆公

在人生十字路口，我竟有几次同陆公结缘。1949年冬，我同华将谟、陈书芳、孙幼楠等七八位同学由华东新闻学院派到上海记协实习。那时北京要办一个全国性的新闻史料展览会，上海记协为此作准备，我们的任务便是跑图书馆和报社资料室，翻阅发黄的报刊，寻觅有用的资料线索。我们这个临时小组的负责人便是名记者陆诒，还有一位是赵邦先生。陆公当时是《新闻日报》采访部主任，又有许多社会活动，大忙人，很少来“领导”我们的工作。有时来了，谈兴起时，纵谈新闻界旧事新闻，使我们大开眼界。他讲话时神采飞扬，声音洪亮，抑扬顿挫，绘声绘色，给人印象很深。两个月之后，我们“完成任务”，开会小结，陆公讲话，大意说，干编辑记者这一行，一要勤做笔记，二要重视资料，资料工作是非常重要的，范长江到大西北采访，一头先钻进西安图书馆两个月，因此他的采访才能那么深入，写出来的报导才那么有深度。后来我才知道，陆公于此身体力行，别的不说，他晚年写《战地萍踪》、《文史杂忆》，都得益于他保存得非常完整的笔记和剪报资料，半个多世纪前金戈铁马，雄谋深算，惊风骤雨，如掌上观文，写来得心应手，有根有据。陆公也常常引以自豪的。

资料工作结束，同学们各奔前程。陆公把我推荐给《新闻日报》总主笔金仲华先生。从此，我进了上海新闻界。在 1957 年那场“引蛇出洞”的运动中，陆公首陷罗网。当时领导多次找我谈话，要我与陆公“划清界限”。但我不愿无中生有，执迷不悟，在几次批判大会上一言不发。当然，报应可想而知。其后我成了一个捕风捉影的“小集团”的“骨干分子”——无故加之，无意得之，20 年后与陆公共忆往事，竟如闲话家常。明人倪元璐有云，“福莫大于与君子同祸”，我曾以此言告陆公，陆公听罢大笑，乃知我之书呆子气固不可以药救。

1979 年的政治空气对我们这些“分子”比较宽松了，那时陆公的“政治问题”还未解决，但已在政协负责文史资料委员会，不定期编辑出版文史资料选辑，老友王孚国、商一仁都在他麾下，而我那时仍是月领 15 元津贴的无业者。陆公来我家看我，约我编写史料，特意给我较高的稿酬，雪中送炭，“知我穷也”，我是非常感激的，近 10 年来，我约请陆公撰稿，有求必应，我也是非常感激的。

据说，名记者范长江曾为人题词：书生报国，笔耕不已。这八个字是他自己的写照，也是陆公的写照。陆公当了几十年新闻记者，历经艰难险恶，赴汤蹈火，当代风云人物几乎无不接触，所写战地通讯和人物采访，传遍海内外。“彩笔昔曾干气象”这句话，陆公当之无愧。暮年陆公仍耕笔不已，写出一篇篇足为信史的其价值无可取代的文章。他文风简朴，绝无虚言藻饰，有时平铺直叙，但功底深厚，扎扎实实，自有一种“事实胜于雄辩”的宏大气魄。唐振常先生称陆公为“本色当行老记者”，诚哉斯言！

记得在《新闻日报》时，校对同志认不清我的字，拿着稿件来问我，正好金公仲华在旁，他说，你们青年人喜欢龙飞凤舞，你们要学陆诒，他的稿件最整洁，字字端正清楚。确实如此，陆公 80 高龄以后，交给我的稿件，仍然字迹秀丽，一笔一画，标点符号，一丝不苟，正如他平生为人谨严，事事认真，憎恶苟且，决不马马虎虎。数十年中我敬陆公如师长，却没有学到他的长处，自觉惭愧。

当初见陆公，我不过二十几岁，陆公则正在盛壮之年，年华如水，逝者如斯，我也已垂垂老矣。陆公活到 86 岁，决不能说是“不幸短命死矣”。抗日战争时期三位蜚声天下的战地记者，范长江和孟秋江二位，都在十年浩劫中死于非命，唯陆公有幸在太平盛世寿终正寝，命运之神独有眷顾。几天来，我不断想着这些以宽解自己的心情，但还是不能释然。

孔子死后，弟子守墓，其时墓地苍茫，朔风野大，弟子相视而哭。孔门弟子，皆世之英才，达人知命，何为而哭？我想，也许他们想念他们的伟大老师，风尘仆仆，一生寂寞，不禁悲从中来，况且死生之别，终究是人生之至痛至哀。

永别了，陆公！

1997年2月

原载《上海盟讯》

该说的没有说

读本市各报关于施良方老师的报道，颇有感慨。

报道写“近十几年来，施良方从没有用过一次病历卡，也没有参加过一次例行的高校健康普查”，写他日复一日“工作时间表排得满满的”、“一年365天，他几乎没有休息天”，写他“过度的体力透支”、“每天只能靠安眠药来维持三、四个小时的睡眠”、“有时甚至连开门的力气也没有”，终于在作报告时突然从讲台上倒下来，抢救无效……

施良方老师舍身忘我工作的高尚精神，诚然值得歌颂，但是，这种超负荷运转的工作方式，是科学的吗？是可以效法的吗？是值得舆论提倡的吗？坐视施良方这样的人才超负荷运转以至于过早地油尽灯灭，难道不是一种冷酷和麻木？所在有关领导难道不是一种严重失职？许多该说的话，记者没有说。

记者本意在歌颂施老师舍身忘我的高尚精神，但写出来的却是一个不爱惜人才、浪费人才的社会悲剧，然而又没有写出这悲剧的深刻性来。

记得 1992 年，我曾在《解放日报》上写过一篇《人不是冬青》的评论，文中提到“多年来，每当翻开报纸看到大标题颂扬某位人才或功臣，便有一种凶多吉少的不祥预感”，“仿佛我们公开颂扬并且对之特别慷慨的多半是死人或病人”，当我们知道他们的名字并奉之为楷模时，他们已经装进骨灰盒，我们的记者先生常把杰出人物的生活如何清苦，如何带病超负荷工作当做一种美事写入大特写，却少有为此痛心疾首，大声疾呼的。……5 年过去了，这情形改变了多少?

罗曼·罗兰说过，像莫扎特这样的天才却活不到某种动物的年龄，这是人类的奇耻大辱。施良方这样的人才超负荷工作，英年早逝，而另外一些人，尤其某些尸位素餐者，却个个养得虎背熊腰，雄壮威猛，灌足茅台，又赶欢场，这难道不也是社会的耻辱？这不正是应了一句老话：一方面是庄严的工作，另一方面是……

不要等到那些有特殊贡献并且有高尚献身精神的人倒下去之后才来发哀思树典型，把鲜花献给活着的人吧。不要在热热闹闹的悼念中把人才之火过早熄灭的真正原因淡忘了，总结缺少关爱人才的惨痛教训并且举一反三促使负有领导责任的人猛省，要比祭奠英灵重要得多。否则，伤心故事会重演；否则，高尚的人、有价值的人会越来越少，而不那么高尚的庸人却会越来越多，至少前者没有后者那么长寿，那才是真正的社会悲剧呢。

汉代名将李广威震敌国，匈奴称之为“飞将军”，听到他的名字都害怕。李广常身先士卒冲锋陷阵，硬拼死战，汉武帝担心他万一出了闪失，曾特意把他调离边防前线。你看，两千多年前的“领导者”也知道人才难得，人才尤当爱惜的道理。唐代的韩愈说，千里马虽有千里之能，食不饱，力不足，“望欲与常马等不可得，安求其千里也”？中华民族的繁荣昌盛需要千里马，需要杰出人才，尤其需要创造尊重人才，格外爱护和珍惜人才的环境和风气，舆论实在负有重大的责任。

1997 年 12 月

原载《上海盟讯》

也谈“假如茅盾不当部长”

前些时候，林放先生在报上著文议论某种“不会理解用人之道”，题目叫做“假如茅盾不当部长”。文章说，“茅盾当部长是得不偿失的。理由就在于可以当部长的人才在我们这里是车载斗量；而茅盾这样的大作家，至今还是属于凤毛麟角。”

当部长的人才在我们这里真有那么多，多到车载斗量吗？把部长或者其他领导人才看得似乎俯拾皆是，这个看法，我以为倒是反映出我们过去多年中某些“不会理解用人之道”的。

假如说，部长的作用只限于“圈阅公文、主持会议、接待外宾、总结经验等等琐事上”（这些算不算都是“琐事”，还待商榷），那么部长倒也不难当。但是不能说，只是做着这“等等琐事”的部长都是合格的部长，都是真正的当部长的人才。只做着“等等琐事”的这个长那个长在我们这里大概不少，但这只是说明我们一直轻视和忽视了“长”的真正作用，说明了善于选贤任能、运筹决策、组织实施的领导人才，在我们这里即使不是属于凤毛麟角，也决没有多到车载斗量。

从前，“外行不能领导内行”的说法是被当做右派言论的。在许多年里，人们一直强调“外行能够领导内行”，甚而说“外行才能领导内行”。现在，仔细想来，这个争论其实往往只是在字面上做文章，并没有真正弄清问题的实质。

文学家当文化部长，地质学家当地质部长，大学教授当大学校长，就一定是“内行”的领导了吧？未必尽然。文学家当然可以当文化部长，但决不是每一个文学家（即使是大文学家）都可以胜任地当部长。理由很简单：文化部长的任务不只是写小说。我不知道茅盾当部长是否胜任愉快，但不管怎样，茅盾当部长，恐怕不能说是大材小用，而是用非其才。得不偿失，正在于此。

据说，当年美国组织一大批人才专攻原子弹制造，为此建立了庞大的机构，领导者是个原子能专家。当其时，专家云集，可谓多矣，为何就选中了这一位呢？因为这一位除了精通本行之外，还有抓全局的能力，懂得怎样用人，怎样筹划，怎样管理，怎样组织。他的领导卓有成效，至今为人称道。可见，所谓内行的领导，主要是指那种深通某一方面的领导艺术，懂得用人、决策、组织和管理科学的领导。具有某一方面的专业知识，是做好某一方面领导工作的重要条件，在某些部门，甚至是不可缺少的基本条件。对原子能茫然无所知的人大概是不能请他领导原子能的研究和生产的，对地质学一窍不通的地质部长却又非常称职，这种情形大概也是没有的。但是，地质学的专业知识，决不等于领导一个国家的地质部门的才能。行政领导或业务领导本领是另一种科学，另一种专业。因此，所谓外行的领导，主要是指那种不懂得某一方面的领导艺术，不懂得某一方面的决策、组织和管理科学的领导，而不是说做地质部长的不是地质学家，做大学校长的不是大学教授，做文化部长的不是文学家。以为大学教授就一定可以做称职的大学校长，就像以为一个善于烹饪的主妇一定可以做称职的饭店经理一样，实在是大大的误解。明白这个道理，就不会硬要茅盾去当文化部长，硬要一个科学家去做他其实不会做的什么长，也不会让只能画圈圈和念秘书拟定的讲稿等等琐事的人去当这个长那个长。也就不会使人误以为当部长的人才多得不得了，要用几节车皮来输送了。

统而言之，推而广之，让作家去创作，让科学家去搞科研，让教授去教书，让演员去演戏，让会做部长、局长、所长、厂长、校长等等的同志去当各级长官（这里面当然也可以有作家、科学家、教授等等），尽其所长，避其所短，这才是合理的用人之道。过去我们看来是很重视领导者的，但往往重视的只是领导者的职位和权力，却忽视了领导者的才能，忘记了领导工作本身也是一门科学。所谓“可以当部长的人才在我们这里是车载斗量”，不就正是这种“忽视”之情，溢于言表?

话又说回来，在我们这个有着十亿以上人口的大国，当部长的人才，就永远不可能多到“车载斗量”么？那也不见得。民主在发扬，用人制度在改革，大材小用、用非其才和才不称职的问题在逐步解决，文化教育事业在发展，人才将如喷泉不断涌出。深通领导艺术和领导科学的人才也一定会岁岁增多，像茅盾那样的大作家也不会老是像凤毛麟角那么稀罕的。

1989 年

原载《社会科学》

话说“全面理解”

常听有人告诫我们，对某一言、某一事要“全面理解”云云。全面理解比不全面理解或片面理解更好、更正确，这几乎是毫无疑义的——然而，也不一定是这样。

多年前，曾读过托洛茨基的《不断革命》，别的都记不清了，唯一印象最深刻的是书中记述的一个小插曲：有一次布哈林在演讲，引用列宁“这样说”以论证自己的观点，这时，在听众席上的托洛茨基站起来大声异议：“可是，在别的地方列宁那样说过。”布哈林一点也不窘，从容不迫地回答：“我知道，我知道，但是，我所引用的是我所需要的，你所引用的是你所需要的。”

那时候，托洛茨基似乎是要用他的“全面理解”来纠正布哈林的“片面理解”，却让布哈林直言揭穿，他俩都不过是“各取所需”罢了。

这个故事证明："全面理解"并非都是闪光的金子，有时也有冒牌货，有时也可用来给"片面理解"这只丑陋的乌鸦插上美丽的孔雀羽。

二十多年前，我到某城一个大医院去看病，一进门诊大厅，迎面矗立着一块大大的语录牌写着："人总是要死的，但死有重于泰山，有轻于鸿毛。"我看了心里纳闷：医院不是战场，病床并非断头台，于此瞑目，决不能算壮烈牺牲，无疑轻于鸿毛了。于是有点感伤地又想：看不看病没有多大意思，反正轻可上天，死何足惜……。正在胡思乱想之际，忽然碰到一位熟识的中年医生，我悄悄地提出疑问：这里用这语录适当吗？他笑着回答"要全面理解嘛"！怎样全面理解，他没有说。也许他也说不清，或者他自己对此竟也不以为然，只是不好明说。在这里，"全面理解"只是一句搪塞之词罢了。

前两年，上海刚提倡公款请客只限四菜一汤的时候，有一次，我碰到的却是另一番气派，笑问熟识的主人，他理直气壮地回答："对有的规定要全面理解嘛！"在这里，"全面理解"又成了有意违反某种规定的遁辞。

从我的狭隘经验中，我悟出了这么一点：假如你不赞成别人赞成的东西或不反对别人反对的东西，又没有正当的理由或有理由却又不便明说，那么，不妨试着使用"全面理解"这个貌似绝对正确但又十分模糊的武器。

话说到此，请不要误会笔者本意竟在提倡片面理解。从理论上说，全面理解总比片面理解更好，更正确，这几乎是毫无疑义的。只是提请诸君留意，理论纯如清水，现实生活却要混浊而复杂得多。

1992 年 8 月

原载《群言》

不明确的禁止就是明确的许可

我住在一个绿树成荫的新村里，环境本来几乎可以说是优美的；看着孩子们小鸟一样在宽阔的林荫路上飞来飞去，更觉心旷神怡。然而非常煞风景的是，常常有小汽车、大卡车、摩托车进进出出，过处烟尘滚滚，上学放学的小朋友胆战心惊，忙不迭为这些硬家伙让路。后来，新村进口处忽然挂出一块“机动车辆不准擅自入内”的大牌子，随之进口处多了一座铁皮制的岗亭，整日守着一位戴袖章的老师傅，车辆经过，他立刻出来拦住，伸手要买路钱——小车一元，大车二元。从此进出车辆不见减少，反而增多，更有些大货车借着新村从前到后的大道抄近路，轰轰隆隆奔驰而过——付了钱，更加大摇大摆了。

有一天，我到那牌子面前仔细端详研究了一番，恍然大悟：问题出在“擅自”二字，只说“不准”，明白干脆，没有余地，而说“不准擅自”——收钱，就是“不准擅自”，付钱，就是没有“擅自”，双方合法，皆大欢喜，只是苦了新村里的老百姓，尤其是孩子们，本来可以自由自在地散步、玩耍，现在却像在大马路上，时时提心吊胆。感叹之余，我想起了一位老外说过的话："不明确的禁止就是明确的许可！"

记得不久前看过一幅漫画，画着路边两棵果树，一棵旁边有一"不许采摘"的告示，果实累累；另一棵有一"原则上不许采摘"的告示，空枝疏叶，果实全被采光了——不明确的禁止就是明确的许可啊！这幅漫画确实是对当今世象的尖锐讽刺，可惜已记不起是哪一位高明的作者。

不明确的禁止，禁而不止，这类事大大小小，不可胜数。不明确的"禁止"，正给了有权者以弄权（例如收钱）的机会。不禁止，没有这种机会，明确禁止，也难得有这机会；唯有不明确的禁止，如一般、原则上、基本上等等，可以合法地制造出这种机会来，也许这也正是"不明确的禁止"历久不衰的缘故，新村路口那块"不准擅自"的告示，不过是让我们瞧瞧这世界的一粒砂子罢了。

1992 年 5 月

原载《新民晚报》

拖延比干得不好更糟

不久前，在世界田径锦标赛上，美国 33 岁的老将福斯特赢得一场惊心动魄的胜利。他和队友皮尔斯同时撞线，成绩都是 13 秒 6，但摄像机慢镜头显示出这位几乎秃顶的美国运动员在到达终点时，比他的队友脖子伸长了一寸。正是这一寸之差决定了冠亚军。

速度，百分之一秒必争的速度。

二战后，日本唯美国马首是瞻，以致日本人自嘲为“小伙计”。近些年来，日本国力大增，咄咄逼人，大有后来居上之势。于是一位日本大企业家写了一本书，对两国国力作了比较分析，结论说，日本人在美国人面前大可不再一味 OK 了，书名就叫《日本可以说 NO！》。此书一出，举世震惊。后来，美国一个研究所也作了一番调查研究，报告说：“日本人还不能说 NO！”其主要依据是，从平均工作效率来说，目前美国居世界第三，日本仅居世界第十。

因其论据有力，日本人不得不叹服，有识之士警告国民不得忘乎所以，还该深自反省云云。

一切在于效率！著名未来学家沙尔文 · 托夫勒说：当今世界最快速者得生存！

据报道，事事讲究时间与效率的美国人，现在时兴一种“麦克唐纳”式婚姻登记所。准备登记结婚的情侣开车来到登记所门前，无需下车，只要一按喇叭，所内就立即走出一位面带微笑的小姐，询问两位恋人尊姓大名，年龄住址，仅用两分钟时间办完所有手续，即可 Bye-Bye 而去。

这种美国式浪漫，在我们看来简直不可思议，其弊端必也不少。但对饱受各种“登记”马拉松困扰窒息的人们来说，却好像深深呼吸了一口新鲜空气。

据说，现在办合资企业已实行一条龙服务，改变了从前要几百次往返于几十个机关部门、盖二三百个图章的状况，很好很好。可惜其他方面许多工作却还少见这样下决心去改革。南浦大桥的厕所问题，千呼万唤仍未解决，记者问缘由，答曰：管的部门太多，相互扯皮之故也。笔者近日办一有关登记之事，其实并不复杂，窃以为最多半天即可办好的，却办了一个多月，问办事人员：现在不是要提高效率吗？答曰：说是这么说，但原来的规章制度并没有明令取消，只好照旧办理，否则，出了事谁负责？

唉！我们现在多的仍是如此这般不怕低效率，只怕出毛病的好干部，重重把关，固若金汤，攻难守易，在这旷日持久的拉锯战中，我们失去什么，失去多少，可惊可叹！

拖延比干得不好更糟！

国外有个企业竟有这么一条规定，一年内不犯合理错误者，解聘。这条规定，对看惯“不干活的整干活的”我们来说，也简直不可思议。然而，那里的企业家深明此理：

无所作为比干错事更糟！

1992 年 5 月

原载《新民晚报》

还是不要“一律”好

七届全国人大期间，有个小小的插曲（未知读者诸君留意了没有）：在一次新闻发布会上，有位外国记者问民盟代表：据说民盟办的《群言》杂志因发表反对三峡工程上马的文章而被停刊。民盟代表回答：这个杂志从未停刊过，如尊驾需要订阅，我可以帮忙，一问一答引起了会心的笑声。

这位记者先生之所以相信了不实的传闻，也许因为他仍然以老眼光看新时代。过去，我们确实有过“舆论一律”。虽然，也有过允许人民内部“舆论不一律”之说，但内部与外部的界限却如走钢丝，人们一不小心，往往会由于某个不一律的意见而忽然跌入“外部”，横祸飞来，悔之莫及。终于舆论还是趋于大一统。而现在不同了。邹副总理在提请审议三峡工程议案的说明中就强调“发扬民主，听取不同意见”，他说，“无论赞成的、疑问的或者不同意的意见，都是从对国家和人民负责出发的，对待所有意见都应采取博收其长、吸取合理部分的态度，而不应采取排斥对立的态度”。这不再是说说而已。人大在审批此一议案时就有过激烈辩论，表决结果是赞成1767票，反对177票，弃权664票，25人未按表决器。纵观历届人大，对一个重大议案有近1/3人投反对票或弃权，此属第一遭，这标志着民主的进步，非同小可，其重大意义决不下于在万里长江之上兴建三峡水利枢纽工程。

然而，在此次人大前后一个时期，全国报刊上见到的长篇大论、鸿文钜作，全是欢呼赞成的、主张可行、必行的意见，却几乎没有见到不赞成的、认为不可行、不必行的意见。人代会上那117票反对意见怎样？664票弃权为什么？新闻媒介语焉不详，讳莫如深，颇有点“舆论一律”的味道，实在叫人不放心。

即使天大的好事，让不同意见公诸报端，让大众都了解，总没有坏处，何况这是国家民族的千秋事业，更何况真理有时可能在少数人手里。切莫忘记了在人口问题上曾“错批一人，误增数亿”的沉痛教训，不久前读李锐同志回忆黄河三门峡大工程的文章，感慨良深。如果那117票中多有专家学者，那就更加不可轻忽了。

据说北京某出版社准备出一部《三峡工程不是梦》，要把论证过程中两方面意见都详尽介绍。我盼着读这本书。

1992年8月

原载《新民晚报》

读巴塞罗那通讯杂感

日前，读记者发自巴塞罗那的通讯，谈到当今不少运动员出国时，李富荣说，“有些人出去就是为了金钱”。他说，有些人荣誉、地位都有，国家待之不可谓之不厚，但他们就是要出去，有个羽毛球运动员去某国当陪练，帮人家练习打我们的运动员；有位华侨对他说，你不要把祖国忘了，他回答说，祖国把我忘了。

这使我杂乱无章地想起一些故事来。

号称“原子弹之父”的大物理学家奥本海默，50 年代在美国是麦卡锡主义的受害者，横遭排挤打击，有人建议他到国外去，当时国外有上百个著名学术机构欢迎他去，但奥本海默拒绝了，他含着眼泪说：“妈的！我就是爱这个国家！”

《古拉格群岛》作者、苏联作家索尔仁尼琴困厄不堪，断然离家去国，有人劝阻说：“难道你不爱祖国？”他黯然神伤，回答说：

"可是祖国并不爱我！"

同样令人唏嘘太息的悲剧，同样悲剧的主角，精神境界却大不相同。然而，世事复杂，在你还没有更多了解别的种种因由时，最好还是不要急于下判断。

几年前，郎平应邀从国外回来打世界女排锦标赛，有人为她担心：赢了皆大欢喜，输了呢，可能落个吃力不讨好。遗憾的是，中国女排在决赛中输了。据报道，郎平走时，"机场上没有喧天锣鼓，没有艳丽鲜花，只有双亲默默祝福，只有战友深情的依恋"，郎平寂寞地走了。要是拿到冠军呢，那可会是另一番热烈欢腾景象。

我们常常说不以胜败论英雄，实际上却没有那么大度，常常以胜败论英雄，这一回女排在巴塞罗那输了，国内报纸的用语是相当刻薄的，什么"惨不忍睹"啦，什么"现在看中国女排比赛没有坚强的神经是支持不住的"啦，从前是捧杀，现在看样子是要来骂杀了。约翰逊不幸染上艾滋病，没有被唾弃，反而更成为英雄。难怪美国人自诩说，宽容、灵活性和开放性是他们最大的优点——他们真有这些优点吗？不过，他国的佼佼者多去美国找出路，那倒是事实。在硅谷工作的工程师 1/3 是亚洲移民（其中包括不少中国人），这些人帮助美国保持竞争实力。华尔街一位金融家十分自信地说，与日本和东南亚国家在科技领域的竞争中，"美国必胜，因为我们的亚洲人将战胜他们的亚洲人"。

为什么我们的亚洲人就变成了他们的亚洲人，而且他们的亚洲人又要比我们的亚洲人厉害呢？由此我们是不是可以想一想：对人才除了许以金钱、地位等等之外，是不是还欠缺一点别的什么？

1992 年 8 月

原载《新民晚报》

遗忘是一种能力

记忆是一种能力，这是毫无疑问的。然而，遗忘同样也是一种天赋的能力，而不是缺陷。试想，如果一个人什么都不能忘记，脑子里密密麻麻地塞满了陈言旧迹、琐事细节，在脑海中挤轧翻腾，使你无法理出头绪或对眼前的处境作出合乎逻辑的思考，那你会怎样呢？你将只能痛苦地捶打自己的脑袋或者发狂似地吼叫——当然，这种丧失遗忘能力的极端不幸也许是没有的。

缺乏遗忘的能力或者遗忘能力较差则有。据动物学家说，中生代最大的爬行动物恐龙，就是最缺乏遗忘能力的种类。沧海桑田，地球环境不断在变化，而恐龙却死记住荒漠和沼泽，总忘不了旧的生存条件，对新的大陆、海洋不能适应，于是逐渐灭绝，以至人们现在只能在自然博物馆里欣赏它那硕大无朋的骨架。

据说，德国奔驰公司董事长路透在他的办公室墙上挂着的就是一幅恐龙的图片，上面写着一句话：历史上充满了不会适应变化的庞然大物。这个庞大跨国公司的精明首脑，显然是用这个缺乏遗忘能力的生物在警告自己：如果只是牢牢记得过时的落后的东西，不能适应日新月异的竞争环境，就有灭亡的危险！

苏联大概也可以算是个不会适应变化的庞然大物。有位苏联历史学家曾数落苏联解体的原因。其中有一条是：僵化和封闭的计划把经济搞得毫无生机和活力，在长期的短缺经济之下，人民总是在商店门口排长队，物质生活同西方发达国家差距越来越大，但当权者却总是告诉人们："不要忘记革命前的贫困，同那时相比，现在生活好得多了！"是的，"忘记过去就是意味着背叛"，可是，老是忘不了过去却意味落后，而落后是要被淘汰的——这种长期缺乏遗忘能力或遗忘能力低下的不幸，毕竟也少有。

短暂的缺乏遗忘能力则常有。比如说，小鸟关在笼子里，有一天，打开笼门，要放它出来，让它飞，可是它呆头呆脑地一动也不动，它一时忘不了笼子的束缚，忘不了围困住它的条条框框，它适应不了眼前的变化，对着洞开的笼门不知所措，要促它一下，迫它一下，甚至用手指去吓唬它一下，它这才如梦方醒，噗的一声展翅飞向天空……

但愿我们也像那小鸟，缺乏遗忘能力只是短暂的几分钟。如果死死记住笼子安全，躲风又避雨，又可吃现成饭，门打开了——改革开放了，说什么仍不肯飞，那就太可怜了。

1992 年

原载《新民晚报》

治一治“私仆”

多年前，我写过一篇题为《防止公仆变为“私仆”》的杂文，说到共产主义创始人曾经警告过，要防止国家工作人员从社会的公仆变为社会的主人；然而，我以为，在我们这个君臣关系、主奴关系、人身依附关系等等封建传统非常深厚的国家里，尤其要防止“社会公仆”变为“私仆”。事实上正是有那么一些国家干部，号称为人民服务，但对于这种服务其实并不很积极，他们视百姓为草芥，奉上官为贵胄，在上级面前一个个弯腰屈膝牛马走，他们热衷的是为上级领导人的衣食住行搞特殊化——只要有这种机会，他们决不会错过。好像他们并非社会的公仆，却是个别领导人的“私仆”。

年复一年，“私仆”似乎不见其减少。日前读到一篇记某副部长因收受贿赂被撤职查办的通讯。通讯写道：某副部长堕落的根子在于追求享受，生活奢侈，例如：这位副部长到疗养院疗养要带着包括夫人儿女在内的一大批人马，疗养院为他辟出一个有九间房子的专用疗养区，为此成立了以副院长为首的 7 人医护小组，24 小时轮流值班；为副部长生活舒适，还专门改造卫生间、敷设热水线，添置新的衣柜、洗衣机、电热毯、餐具等等；副部长每隔三两天要吃鸡腿炖甲鱼；每天要用西洋参、生晒参当茶饮用，由护士煎好供上；疗养期间，常带着医护人员、秘书等一批随从到各地游山玩水……

确实够享受、够奢侈了。但这笔账全算在副部长头上未免有欠公允。认为根子就在这里也有欠准确。你看他在疗养期间的特殊享受，有多少是符合有关规定的？但是用不到他自己开口，也用不到他动一个手指，下面那一帮子“私仆”，早就自作主张张罗开来，事事（包括吃喝拉）都安排妥帖了，有如一个圈套，就让他钻进去。反正花的都是公款，反正捧着领导人总有“余恩”可以消受；退一步说，即使出了岔子，也自有首长大人去承担。反正奉承拍马不算犯法，替领导人搞特殊化似乎也不算行贿，也没有首长对特殊化的安排表示不高兴的，罢吃罢住毕竟凤毛麟角。“私仆”确实好做，因此有不少人不做公仆，宁做“私仆”。

说实在话，除个别领导人自己有问题外，许多事情坏就坏在那一帮子“私仆”上，少了他们，许多违法乱纪的事就难以作成。然而，案发之后，他们却极少受到追究，一次次成为漏网之鱼，喜滋滋地又忙着去张罗另一个圈套。

腐朽之风何以盛而不衰？为“私仆”者难以辞其咎。真要搞廉政建设，我以为先就要果断地真刀实枪地治一治“私仆”：第一，在他们忙着为领导人搞特殊化期间——即当“私仆”而不当公仆期间，扣发全部工资；第二，视具体情节分别以违纪、挪用公款或行贿等予以处罚；第三，一切超出规定标准的特殊开销，丝毫不打折扣，全叫操办者或签字批准者自掏腰包，直掏得他山穷水尽——活该！谁叫你好好公仆不当，要当“私仆”！

这样一来，做“私仆”可能失多于得，由此肯定日见其少。社会公仆不再异化为“私仆”，党风政风一定会好得多的。

1992 年 9 月

原载《新民晚报》

永不飞行俱乐部

美国那地方都文明开放吗？不见得！据报载，那里有一个民间团体叫做“永不飞行俱乐部”，该俱乐部坚持认为，按照上帝的安排，只有鸟类才会飞行，人类绝对不会飞行，因此他们“永不飞行”。当人们纪念怀特兄弟为航空事业作出的历史性贡献时，他们便对着干，隆重集会表示抗议。尽管全世界每天有上百万人次坐飞机飞来飞去，尽管人类已飞向太空，直上月球，觊觎火星，该俱乐部的女士、先生们仍是概不承认，闭眼塞耳，张口大喊“永不！”时时刻刻都在发生的事实都不能说服他们。

距21世纪只有七八年了，仅仅持“上帝安排”这个神圣却过分古老的理由未免太贫乏，那么，“永不飞行俱乐部”还有没有别的理论根据呢？笔者一时无法查证，料想来不外是：根据之一，会飞的，在天上飞着的是飞机、飞船、航天器等等，而不是人，人是“绝对”不会飞的；根据之二，飞行常出事故，美国一位女教师参加太空飞行，“出师未捷身先死”，使许多小朋友伤心极了，藉此可以证明飞行不可靠，不如“永不飞行”安全。虽然，据安全专家统计，民航失事的机会只是八十万分之一，比常人被食物噎死的可能性还要小得多，但毕竟还是走路稳妥，你花一天工夫从纽约飞到上海，我宁愿走一年半载，铁鞋踏破，矢志不移——永不飞行！

行文至此，笔者忽起联想；我们现在搞社会主义，引进许多市场经济的经营管理机制，使国民经济十几年来有很大飞跃，人民得到很大实惠，但有些人总不以为然，他们仿佛也以“永不飞行”的“原理”看问题。在他们看来，那飞跃，那发展的，不是社会主义，不是中国人，而是从西方世界引进的飞行器——市场经济在发展，资本主义在复辟，触目惊心，吓死人了！再说，市场经济极不安全，这回深圳不是闹了个不大不小的股市风波吗？几年上一个台阶，倒不如走“计划经济”老路几十年上一个台阶可靠，排长队买股票有风险，排长队买火柴、肥皂绝对没有风险。

说不定哪一天我们这里也会冒出一个“永不市场俱乐部”的，同地球那边的“永不飞行俱乐部”遥遥相对，那才好玩儿呢，等着瞧吧！

1992 年 9 月

原载《新民晚报》

沉重的历史写在“八·一三”

中小学生从影视上“了解”历史，可能比在教科书上学到的多得多，得到印象大概也特别深刻。可叹的是，不少影视告诉人们的历史，如司马心先生所言（见7月31日《解放日报》），大多是戏说或胡说。现成故事加瞎编胡诌，青少年以致一些大人耳濡目染，认为历史的本来面目就是如此——旧时代的皇权专制既不可恶，新时代的人民民主当然也就不特别可爱了。我们能不严肃对待吗?

历史其实是非常沉重的，岂容嬉皮笑脸地戏说或一本正经地胡说。日前，看到金辉先生的《我们为什么被屠杀》一文，令人深切感悟历史的沉重，再也笑不出来。文章说：从1937年9月9日到10月14日这三十多天中，日本侵略军在华北、华东等地连续屠城，一次屠杀千人以上的大惨案就有数十起，南京大屠杀则高达35万人。简直就是虎入羊群！与日军的疯狂和凶残相对照的则是我们不少同胞的软弱和涣散。南京大屠杀中一位幸存者回忆：3000多名中国人被赶进一座大仓库，只有三个日本兵看管，大门开着，又都没有捆绑，可是谁也不敢动，最后全部被杀害。文中又提到，迟浩田将军曾感慨，抗战时在他家乡的那个县，七八个日本兵，打着一面太阳旗，扛着一挺机枪和四五条步枪，就扫荡了全县，赶着几万人到处逃命。仅一个板垣师团，在侵华战争中竟先后击溃或歼灭了中国的70余个师。

历史何等沉重！沉重的历史告诉我们：没有一个坚强的领导核心，没有组织，因而没有凝聚力和斗志，人民确如一盘散沙，如砧上鱼肉，只好任人宰割。日军打国民党统治区如入无人之境，打共产党领导的抗日根据地则举步维艰，有无共产党领导和组织大不相同；板垣师团如果碰到的多是八路军那样的军队，它能够创造那么多"辉煌"的战绩吗？中国人并非天生的懦弱和卑怯，中国人需要的是坚强的领导和组织。有了共产党领导和组织的中国人民才是不可战胜的，虽然那牺牲也可能非常惨烈，那斗争也可能非常残酷。但在有些影视上，却把沉重的历史讲得有点轻飘飘，过多地把敌人形容得蠢如猪怯如鸡，把残酷的战争描绘得好像顽童的军事游戏。然而，无视历史的艰苦卓绝，就不能使人吸取血的教训，就不能教人更深刻地理解"没有共产党就没有新中国"的不易真理，就不能使人更加体会今日国家强盛的弥足珍贵。

日本人在修改他们的教科书，其实，我们也该修改或充实我们的教科书，要把沉重的历史如实告诉青少年。中国人民为抗日战争的胜利付出的代价实在非常巨大，非常惨烈。记住我们的胜利，也要记住我们怎样被屠杀。我们也要专门写一部汉奸史：抗日时期有多少为虎作伥的汉奸卖国贼啊，那真是中华民族的奇耻大辱！但那是不能回避的历史事实。把血与火的曲折的历史说成好像顺流而下的游船，易说胜利与戏说皇权一样，都是对青少年的蒙蔽。

2001 年 8 月

原载《解放日报》

依法诊治官僚病

人民要有一个廉洁而高效的政府，但是达到这个目的并不容易，那需要长期不懈地反对官僚主义。邓小平在《党和国家领导制度的改革》中痛斥的官僚主义的主要表现和危害，多达二十几种。我以为，就人们常见的比较普遍的表现和危害来说，又似乎可以把它们分成两大类：一是主观武断、滥用权力；一是办事拖拉、推诿扯皮。简单地说，前者是做错事，后者是不做事，不负责。人们当然痛恨主观武断、滥用权力；但是不负责任，推诿扯皮，尤其使人深受其害。本来该某个部门、某个机构解决的问题，却来回踢皮球，让你跑断了腿；本来可以及时解决的问题，却没完没了地拖延，甚而束之高阁，叫你等白了头。我国行政诉讼法第 2 条规定："公民、法人或其他组织认为行政机关工作人员的具体行政行为侵犯其合法权益，有权依照本法向人民法院提起诉讼。"办事拖拉，来回踢皮球算不算具体行政行为呢？似乎算，又似乎不算。也许因为如此，行政诉讼法实施多年，至今未见有办事拖拉、来回踢皮球而被告上法庭的。

然而，8 月 26 日《上海法制报》上一则新闻：松江县人民法院受理了松江兽医生物药品厂诉该县房产管理局在法定期限内未履行法定职责案，诚如新闻中所说，“行政机关在法定期限内不作具体行政行为而被推上被告席，这在本市尚属首次”，确实令人耳目一新，意义重大！

法国作家昂里克·罗德曾论官僚机构的两大弊病：一是不了解自己的工作效果，一是不因工作错误而受到惩罚。我以为，实际上还有一个更大的弊病是，不因不作为、不负责、低效率而受到惩罚。姑不论松江县一案是非曲直究竟如何，但这个官司确实是开了一个好头。

对某些疲牛破车似的官僚习气浓重的机构，依靠法律公开“诊治”，这是人民当家做主的权利的体现，让我们更好地运用这个武器吧！

1983 年

原载《新民晚报》

有感于一则关于旧唱片的消息

今年 4 月 25 日，上海《解放日报》上有一条消息以不显眼的四号字标题登在副刊上。消息说，刘良模同志在上海市政协会议上提出，上海唱片厂仓库存有三万多张旧唱片底版，最早有 1909 年的；其中有聂耳本人演唱和弹奏吉他的唱片，有刘宝全大鼓的唱片，有老一辈歌唱家黄友葵、郎毓秀、赵元任等的唱片……这些都是一些失不可再得的文化珍品。刘良模在提案中建议，由唱片厂和音乐家合作，先行整理，编出目录，然后分类、分批重新压制，此举既可以增加国家收入，又可以为音乐界提供珍贵的音乐史资料。写这则报道的是一起参加会议的陆诒同志。他从前是记者，现在不作记者了，但仍然具有记者的敏感性。陆诒说，不久以前，在日本发现五千多张旧中国的唱片，竟然轰动一时。其实，这等新闻就在我们眼前。

然而，在我们这里，这等新闻好像并不那么轰动。有时候，比较起来，例行公事的空洞报道和应景的空洞文章在我们的报纸上更能占据要津，而那种切实反映了某一个看似平凡其实有真正价值的具体问题的报道，却倒被忽视。

也是不久以前，报纸曾经揭露过，十年内乱中抄来大量珍贵文物，在某些部门的仓库里朽坏霉烂，听任老鼠鉴赏，蠹鱼批判。文化遗产亟待抢救！这样的事情，值得报刊大声疾呼，要求各级领导紧急采取切实有效的措施。

1981 年 8 月

原载《新民晚报》

拉响凄厉的警报声

“九一八，九一八，从那个悲惨的时候……”

经历过抗日战争的中国人，唱起这支歌，无不热泪盈眶，心中流血。

为了纪念70年前这个悲惨的日子，沈阳拉起了凄厉的警报声。

也不过是十几年前吧，为了纪念“九一八”，我写过一篇文章，开头这么说：一个幽灵，日本军国主义的幽灵，在东洋游荡。

十几年后的今天，日本军国主义已经不是若隐若现的憧憧鬼影，而是踏着沉重的军靴在大踏步前进的咄咄逼人的日本军队，虽然它还挂着那薄薄的面纱：“日本自卫队”。

日本自卫队已成为当今世界上一支少有的精良的现代化军队，日本海上自卫队是太平洋上仅次于美国的海军力量，日本战败后颁发的和平宪法正在成为一纸空文，日本自卫队不断借机走出国门，几乎同西方国家的军队平起平坐。

不久前，日本《追求》半月刊发表记者井上和彦的通讯，题目叫做《自卫队鲜为人知的七个世界第一》，文章开门见山说："在战争形态日益复杂的今天，人们根据'素质'来比较衡量军队的优劣——就素质比较而言，（日本）自卫队的实力不仅超过俄罗斯、中国，而且不少方面有着比超级大国美国还强的实力。"井上和彦不无自豪地列举了日本自卫队"鲜为人知的七个世界第一"：

其一，日本自卫队的海上扫雷技术和能力不但现在，而且"今后将依然是世界第一"。

其二，反潜作战，这是日本自卫队的"看家本领"。"在前苏联强大的潜艇力量威胁之下磨炼出来的自卫队反潜作战能力已居世界第一，完全能够对抗近年来正在急速增强的潜艇力量"。

其三，日本自卫队"潜艇数量显然不及俄罗斯和中国，但日本潜艇性能更高，其作战能力不逊于核潜艇，堪称世界第一"。

其四，日本的F–2战斗机"是当今世界上最先进的科学技术结晶，每架造价120亿日元，是世界上造价最昂贵的战机"，如今日本仅仅F–2战斗机就已拥有130架。

其五，日本的导弹"非常先进"，有一种导弹发射后可以顺着山谷绕行然后掠海飞行，命中目标；在遥远后方的射手根据光纤传来的图像操作，命中率极高；日本的爱国者导弹命中率达 100%，令该导弹的开发国美国“惊叹不已”。

其六，“日本自卫队的空军飞行员也是当今世界第一流，从 1980 年到现在的 20 年间，日本航空自卫队因事故而损失的战机仅 9 架，这种损失率是世界上最低的”，“充分说明日本飞行员和地勤人员的高素质”。

其七，日本自卫队所有的 24 万官兵，全都受过高等教育，军队这种教育水平也是“世界第一”。井上和彦说，高教育水平的人能更快更好地掌握现代技术和先进武器，“因此高教育水平意味着高战斗力”。此外，日本海、陆、空自卫队分别设有“少年自卫队学校”，从小培养“军人中的军人”，这是继承了旧日本“空军、陆军幼儿学校”的传统。

也许不是很多中国人都知道如今日本已拥有如此强大的军事力量，而且仍在积极建设。日本的主要传媒也从不讳言，他们的“防卫力量”和“防卫目标”是对着中国。

拉响凄厉的警报声！警报不只是为着纪念过去而拉响，警报应当为现在而拉响，睁大眼睛，注视今日日本军国主义势力如何动作。现在的日本自卫队要比当年九一八事件的主角日本关东军厉害得多。当然，中国今非昔比，早已不是从前那个四分五裂、积弱积贫的中国，现在有足够力量粉碎任何侵略者的梦想。但是，强大如缺乏警惕，就可能像纽约世贸大厦一样，最宏伟变成最脆弱，不堪一击。

时时拉响凄厉的警报声！时时拉响：中国人，千万要警惕！

2001 年 10 月

原载《上海盟讯》

永远不能忘记历史的教训

——《民主与法制》发刊词

穿过艰难曲折、荆棘丛生的道路，社会主义民主与法制的建设进入了一个新的历史时期。宣传民主与法制，正在群众中间形成一个声势浩大的热潮；捍卫民主与法制，仍然需要不屈不挠的斗争。从此以后，中国人民将赢得更加巩固的团结，赢得持久的安定，赢得时间，行使真正的社会主人的权利，加速现代化建设的进程，这是毫无疑义的。《民主与法制》在这个时候出世，生正逢辰，我们感到任务之光荣，更感到责任之巨重。读者之将有所望于斯刊者，同人敢不勉之哉！

一方面是新时代的曙光，一方面是中世纪的黑暗。这是林彪、“四人帮”统治十年间我们历史的一个画面，我们永远也不能忘记历史的教训。

尤利斯·伏契克说过，小人掌握大权，那是非常可怕的。确实是这样。我们刚刚经历过这样一场灾难。卑鄙小人物为什么竟能掌握了大权呢？一个主要的原因，就是民主太少了，没有健全的法制。无产阶级专政经历了将近一个世代，为什么仍然民主太少，仍然法制不健全呢？林彪、“四人帮”的践踏和破坏是一个原因。但仅仅是归罪于一小撮人的野心、阴谋和残忍，便是过高地估计了他们的“历史主动性”。而且，要是没有彻底弄清楚并且实事求是地说出真正的社会原因以及我们自己的过失，历史的悲剧便很难保证不再重演。

中国人民在共产党的领导之下创造自己的历史，这种创造工作是在非常古老的封建制度的墓地上进行的，是在十分落后的经济和文化条件下进行的，封建传统深深地埋根于土层之下，又像幽灵一样笼罩在活人的头脑之中。占人口大多数的小生产者习惯于并且特别能够容忍别人高高在上地发号施令。由于历史的原因，中国无产阶级也缺乏民主政治的经验。在这样条件下要创造比资产阶级民主高出千百倍的社会主义民主，确实是一个非常艰苦的任务。

资产阶级，我们是比较认真去对付的，在改造资本主义所有制的同时，确实甚有成效地限制和削弱了资产阶级的影响。但是，人们常常只记得同资产阶级意识形态的长期斗争，对封建传统这个敌情却估计不足；在打击一个比较脆弱的敌人的时候，却让另一个顽强的敌人在更广阔的地盘上重新站稳了脚跟。封建传统和习惯势力侵入了共产党，侵蚀了一些干部。突出表现之一是个人迷信抬头，到“文化大革命”时由于林彪、“四人帮”别有用心地火上加油而上升到狂热程度。神化的个人越是金光灿烂，人民的形象越是暗淡无光，民主精神越是到处被扼杀。从宝塔尖而下，在不少地方，封建家长式的一个人说了算代替了党的集体领导原则。长时期的依人不依法，依言不依法，一言堂，一边倒，一窝蜂，一呼百诺。宪法的权威敌不过一个“指示”的权威，法律的尊严屈从于个人的意志。于是不可思议的怪现象出现在二十世纪六七十年代的中国：迷信的狂热强加给信仰唯物主义的共产党人，在经历过伟大解放战争的人民头上竟然企图建立起思想奴隶制：一小撮叛徒、特务、卑鄙小人和无耻钻营之徒沿着捷径爬上权力的顶峰；一个“女皇”凌驾于几千万党员之上；开国元勋、国家栋梁和民族精英在人民共和国里毫无保障地被摧残殆尽；封建法西斯专制只因挂着一个无产阶级专政的招牌竟然指挥如意，几乎风行无阻。封建专制主义对党内民主和国家民主的破坏及其严重后果，难道不是历史事实吗？

党的一些有远见的领导同志曾经致力于民主和法制的建设工作，但是没有得到全党全民足够的重视。经常在极“左”思潮的干扰破坏下，若断若续，若有若无。或者把民主只当做一个作风问题，停留在口头上、文字上。反对资产阶级民主，是完全正确的、必要的。但是用什么来代替它，用社会主义民主吗？实际上取代它的往往是更其落后的封建专制主义，只不过不穿龙袍而穿“红外套”而已。无产阶级专政，如果没有民主，在我国就必然变成封建法西斯专政。

正是这样，一方面由于旧传统的复辟，一方面由于我们自己的过失，本来应该努力去建设和保卫的民主与法制，却像营养不良的婴儿，在反革命政变下被扼死于摇篮之中。因此造成了十年大灾难，我们受到了历史无情的惩罚。

在受到历史无情的惩罚之后，痛定思痛，今天重温这段历史，对我们宣传、捍卫民主与法制有哪些重要启示呢？

实现四个现代化是中国人民最根本的任务和最大的利益。反民主的封建传统在落后的经济基础上吸取它最后的活力。在落后的经济基础上是不可能有巩固的社会主义民主的。

封建传统和习惯努力，仍然是民主与法制的大敌。封建特权，官官相护，民主缺少一点的“民王”主义这些东西仍然是一股势力，不容忽视。反对这些东西，仍然是严重的斗争。“法律面前人人平等”这八个大字，应该用黄金铸在人民的法典上，是我们必须坚持的神圣原则。如果不坚决地反对封建特权，不彻底地做到“有法必依，执法必严，违法必究”，在适用法律上人人平等，民主与法制就会成为空话。确实有不少人，包括某些领导干部，仍然把民主与法制看作可有可无的东西。应该耐心地对他们进行民主的启蒙教育，也许就请他们从一年级读起。

必须努力帮助广大群众学习，了解自己的民主权利，懂得运用这些权利；帮助他们熟悉法律，自觉守法，并善于运用法律来保卫自己的权利，只有法律这个武器为广大群众所掌握的时候，纸上的东西才会变成实体的东西，从而进入现实的门槛。

在民主与法制的领域中过去禁区林立。我们一定要贯彻十一届三中全会精神，坚持实践是检验真理唯一标准的原则，敢于冲破禁区。在开展研究工作探索真理的时候，在宣传民主与法制的时候，就要使用这个马列主义、毛泽东思想的武器，保障自己进入任何禁区的权利。

今天的宪法和法律，是历史经验的总结，是人民在党的领导下奋斗几十年的成果，党和人民多少优秀儿女为此而流血牺牲。在捍卫这个成果的时候难道可以有一点怯懦和动摇吗？叶剑英同志前些时候曾经号召，要有一批大无畏的不惜以身殉职的检察官和法官。本着这个精神，在民主与法制的宣传战线上同样需要一批无所畏惧地为真理而高声呼喊的战士。我们是这条战线上的一个尖兵。在广大读者、司法工作者和法学工作者的支持下，我们有坚强的信心，同大家一起把这个刊物办好。

1979 年 8 月

原载《民主与法制》创刊号

“责任感”对比的思考

日本的高桥敷教授写了一本《人性的荒野》，自称在此书中“硬着心肠”对日本民族的文化精神进行“深刻的反省”。他在书中讲了一件事：日本某造船公司职员奉命与某国政府谈判造船合约不成，而该公司已在实施造船计划，因此将造成损失，于是这位职员自杀了。他有日本人的责任感，不去申辩，而是用生命抵偿责任——日本人在评论此事时都这样说。高桥敷教授以此去问一位外国考古学家，他说，“噢，我理解这种心情，谁都知道，人比几十艘船重要。但有人因恋人死了，自己也发疯而死！有的船长与沉没的船一起沉入水中，如果耗费一辈子收集的陶器、石器突然丢失，我也会发疯的，这是爱的执着啊”！

这位先生对日本人实在很不了解。日本人的“责任感”是强烈的、褊狭的、刻板的、悖情而且严酷，甚至过了头，那里没有温情，更没有爱的执着，那确实是“人性的荒野”！

对比之下，正好相反，咱们中国人的“责任感”可就很有人情味，颇有弹性、豁达、宽容。我们常用“失败是成功之母”这句格言来安慰和勉励自己，多年来更进化成“交学费”之说，虽失误不断而仍镇定自若，如有所得；屡战屡败，我们可以说屡败屡战，竟似不屈不挠。许多肩负重任的人，可能因某一重大损失而引咎自责或归咎责人，且自有千般理由申辩，决不会因此自寻短见。几十年来因主观失误而蚀老本的企业成千论万，但从没有听说哪一位厂长、经理去跳黄浦江。在外滩夜色中寻死的人也有，那倒真的多是为了“爱的执着”，但为了某种“责任感”的人似乎一个也没有。

日前读报，见记者报道经济开放中一些“恼人的问题”。如年出口创汇 2300 多万美元的某电池厂，每年需以每吨 1200 美元的价格进口原材料电解锰，而同地另一些生产电解锰的工厂则以每吨 1000 美元的价格源源出口。又如某厂为外商加工生产家电产品需要的元器件，当地就有，但零件厂却把产品卖给外商，外商再从香港运回来，卖给加工厂，坐收两次佣金。又如生丝和丝绸，大家争相出口而竞相削价，有位老华侨在国外市场见到如此精美的产品却便宜得如此离谱，深长叹息。凡此种种，也可从一个侧面窥中国人“责任感”之一斑。在任何时候，把“恼人”的东西都看做是少数的或个别的，肯定大多数是不“恼人”的，这样，大家的“责任”便可以大大减轻，“责任感”的压力可以降到接近于零。过分严酷是可怕的，但过分轻松就不可怕吗？

1991 年 3 月

原载《新民晚报》

有感于“党中央的关怀”

偶读《上海老年报》，有题为《感谢党中央的关怀》的通讯，讲的是发明家刘维的一段遭遇。他听说火车出事故，原因之一是滚动轴承的保持架出毛病。经过20年苦苦钻研，他终于发明了一种没有保持架的“纯滚动”新型轴承。当“刘氏新型轴承”专利出世披露于《上海科技报》后，本来预计众多轴承厂中总有一两家要来找他的，可是没有。倒是外商闻讯赶来联系，有的愿出几百万元买下专利生产权。而刘维虽穷，却又死心眼：新型轴承一定要首先在国内生产，不管出多少钱也不能先到国外去生产。所幸是党中央书记处知道了此事，批示要求铁道部门处理好这件事。然而，春去夏来，铁道部门有关科委至今还没有去看望过刘维。直到国务院某部门负责人亲临刘家，当场“拍板”，拨款以助测试制作，又安排住房，改善他的工作条件，使刘维惊喜而且感动。

读到这里，笔者一则以喜，一则以忧：“党中央的关怀”诚然令人欢欣鼓舞，但国家之大，千头万绪，何等纷繁，如果包括刘维这样并不复杂、基层完全可以“关怀”的问题，也都要党中央来批示，有劳国务院来人直接解决，这怎么得了？退一步说，有关科委即便有种种的难处，但去“看”他一下，“关怀”一下，怎么说也不算太难吧！刘维问题作为特殊事例是非常美好而且动人的，但是，如果许多本该基层“关怀”处理的事情竟都要党中央“关怀”了才引起“重视”，“批示”了才去解决，这就不能不令人忧虑。

十几年前，全国科学大会上，邓小平就指出：“四个现代化，关键是科学技术现代化”，后来又反复强调“科学技术是第一生产力”。《上海老年报》的报道说，也正是十年前，有关科委就已知道“刘维其人其事”了。但“知道”则“知道”矣，而直到十年之后，有了党中央的“关怀”，才表示了要去“重视”。但是表示过之后，从春到夏，又不见实在的行动，甚至连“看”他一下都难，说得上“重视”么？这不令人急煞么？

这类事，看来并非孤例。一项关于科教人员能力发挥情况的抽样调查报告说，只有42%的被调查者认为自己的能力得到充分发挥，57%的人回答只发挥出不到一半的能力。这在科技人才奇缺的我国，实在令人震惊和痛心。这里肯定存在不少问题，如果这些问题都要等待党中央一一“批示”之后才能得到重视和解决，如果广大科技人员40%以上的能力要等到党中央一一“关怀”之后才能释放出来，那么，我们事业的前景将会是暗淡无光的。

在科学技术的发展上，发达国家都有一种紧迫感，不用说落后八年、十年，即使两、三年也是很大的差距。当前在全球涌动的新科技革命，是对我们严峻的挑战，我们一定要把发展科技放在突出地位，把尊重和爱护人才放在关键位置。党中央有正确的促进科技进步的政策和知识分子政策，问题在于各级领导要认真落实，增强科技意识，尤其要增强人才意识。“知道”了就去做，“重视”了就去解决，切勿拖延或等待，否则这个“第一生产力”的发展就会落空。

1991 年

原载《解放日报》

死人在带走活人的生机

不久前，从日本岛到欧洲大陆，闹哄哄地卷起了一场“名画风波”。起因是日本头号富翁斋藤先生在一次记者招待会上说，在他死后，要把自己花了一亿六千万美元买来的名画（凡·高的《加歇医生像》和雷诺阿的《红磨坊街的舞会》）带到棺材里去。此话一出，传到欧美，众多艺术爱好者纷纷抗议。为了息事宁人，75 岁的斋藤先生赶紧发表声明：“我很赞赏中国秦始皇的兵马俑和明十三陵，正是想到了这些才谈起凡·高的画，以表达我永久保存这些名画的愿望。”愿望而已，并不当真，大家放心好了。我们感到有趣的是，这个“带到棺材里去”竟是一种“永久保存”的方法，而且是从中国皇帝那里学来的。

咱们中国历史上，确实有一种“国俗”，权贵死后，殉葬的、陪葬的越多越好，好像恨不得把太阳也带到坟墓里去。有道是，权欲无限，私欲无限，愚昧极深，冥顽不灵，至死不悟。自己是来不及动手的，于是留下遗嘱遗愿。真正动手办事的反正有同样冥顽不灵，至死不悟的活人。这种私欲和愚昧又似乎没有随着社会文明的进步而消退——斋藤先生是经营最先进的电子产品的，而他的“愿望”竟同几千年前以膏油照明的中国皇上相通，实在令人奇怪。

俗话说，“生不带来，死不带去”。这话说得很洒脱。但权贵们的不“洒脱”又使许多平民百姓也不“洒脱”，他们也都是“死要带去”的，以至于形成“国俗”。至于带去多少，荒唐到何等地步，则要视其权力财力怎样，又要看活人的愚昧痴妄程度如何。新中国成立后，经过努力，这种“死要带去”的“国俗”确有很大改变，却远未根除，近几年，在有的地方且有死灰复燃之势。报载，在有些比较富裕的地区，为死人造坟之风颇盛，传统的“椅子坟”在向园林式陵墓发展，造一座坟一般要花费万元左右，多的在 10 万元以上，墓场上拱门、石狮子、厅堂等等，十分壮观。人们在惊呼耕地林地日益减少，其中有一部分就变做了坟地。死人好像在同活人下围棋，抢占地盘，咄咄逼人，“死要带去”，而且终于“带去”，长此以往，活人真要无处栖身了，报载某市郊外——

“空阔的场地上突起一座颇为壮观的二层楼房，楼内大橱、床、箱俱全，彩电、冰箱、电扇、电话，应有尽有，门外还停放着汽车、摩托——尽管这些全是纸扎的道具，却也花费甚多。众目睽睽之下，一男青年放起火来，顷刻之间一切化为灰烬，围观者则赞扬声四起：“好！好！养儿子就是要养这样的儿子！……”大家听见这赞叹，这忘情的喝彩声没有？“养儿子就要养这样的儿子”，然而这样的儿子果真多起来，这样喝彩的人们仍是这么热衷而不醒悟，那是很可忧虑的。

更深可忧虑的，还不只是造坟的百姓和“这样的儿子”。据报道，最近陕西省宜川县对1990年该县行政事业单位已故干部丧葬费做了一次调查，调查结果表明，每位死者平均花费7454元。报道说，死者都要睡在柏木棺材里，穿着二三百元的呢子大衣，戴眼镜、手表，口袋里装着气体打火机；丧事期间，灵堂哀乐，花团锦簇，宴请宾客，建造墓碑，来往迎送，大小车辆浩浩荡荡。所有这些，全都由公费包揽开支。每埋葬一个普通干部，要花去相当于当地山区20多个农民一年的收入。这样大手大脚“挥金入土”为死人办事的，当然都是那些仍然活着的并且不幸有权支配国帑的干部们。但不知道老百姓看着这大气派大排场的丧事有没有尽情喝彩：“好！好！用干部就是要用这样的干部！”

死人要带去，活人要给死人带去，几千年的封建传统在我们的土地上实在根深蒂固，从抢占山头造坟的忙人、某市郊外“好儿子”到宜川县某些干部，全都着了秦始皇的魔道。活人的生机，活人的生存条件，要不断让死人带去，减去，灭去，如何得了！此风不煞，我们国家的现代化，人民的小康生活，到什么时候才能实现？

记得几年前，报载山西省有位种树老人，一生种了十几万棵树，到了70多岁，仍在忙着上山下山种树。有人指着小小的树苗问他：你还能见到这苗苗长大么？老人笑着说：我见不到，子孙能见到！

他只愿意留给后人更多的绿叶和生机。

这才真正值得人们喝彩叫好啊！

1991 年 8 月

原载《民主与法制》

美国牛仔与上海“小烟民”

漫步街头，洋烟摊到处可见。已被欧美国家电视封杀多年的万宝路牛仔，却在上海每天晚上的“黄金时间”出现，雄赳赳地驰骋在家家户户的荧屏上，并且大模大样地宣称：“这就是万宝路的世界！”——仿佛胜利者的豪迈宣言，连我那刚上幼儿园的小孙女也学着玩了。

有人摇头叹气说：“一场新的鸦片战争！”

危言耸听。

是国际儿童节前夕，解放日报报道：《真正令人担忧：“小烟民”有增无减》。报道说，近几年来，本市青少年学生中吸烟者日益增多，据调查，有些初级中学的男学生中吸烟的占 50% 以上，有些女学生也学会了吸烟。某技校二年级男生中，吸烟的占 85% 以上，个别班级竟达 100%。有些初中学生从小学五年级就学着吸烟，已有三、四年的吸烟史……这可不是危言耸听！

路上不时可以遇到背着书包的少年，稚气未脱，却老练地叼着香烟。我一向反对吸烟，但只实行在我热切希望他们活得更长久些的人们的小圈子里，对子女是下了严厉的禁令，对敬爱的师长和好友，则时时进以忠言。此外，谁活得不耐烦，吞云吐雾，暗无天日，我是丝毫不以为意的。然而，见到未成年的孩子抽烟，虽是陌生路人，却总觉得心里不舒服，有一种说不清的忧虑。

报道中说，青少年吸烟有增无减，除了别的原因，“还与近年来大量的广告有关，这些广告强烈地冲击着中小学生的心灵……”

这可不是危言耸听！一副桀骜不驯的男子汉气派的万宝路牛仔，据说是要让人们在自己心里“树立一种自主、自愿吸烟的英勇形象”。我们的孩子们也许正在自己心里树立了这么一种形象——从广告艺术来说，确实是很高明的。

然而，在欧美，对香烟广告不加限制放任不管的国家几乎没有，烟草工业四面楚歌。于是，跨国公司的广告大军转而开向人口众多的亚洲，不久前，台湾《中国时报》上有一篇文章，题目就叫做“洋烟商攻陷亚洲市场”。洋烟在亚洲市场上销售量果然迅速上升，尤以我国大陆为最。目前我国香烟消费量占世界总消费量 30% 以上，仅上海一地烟民，一年就要烧掉人民币七个亿，堪称世界第一！

前天读报，见美国卫生部长沙利文指责烟草公司资助体育比赛，“利用运动员的活力和精神来大做广告，以期显示烟草和良好体质并无矛盾”。他说，对一个文明社会来说，姑息纵容那些有害健康的产品大做广告，是十分不正常的。

说是这么说，谁听他的？美国人不但吸烟，还吸可卡因。国际体育大赛又哪回没有烟商金钱的闪光？

大上海火车站一个大厅里，挂着一幅巨型万宝路广告，威风凛凛的牛仔俯视着每天千千万万进出上海的旅客：“这就是万宝路的世界！”

真让人倒抽一口冷气。

书生之见，惹人笑话。但是，尽管有千百条姑息香烟广告的理由，但总没有一条理由可以听任“小烟民”有增无减吧？真的奈何万宝路牛仔不得，那就赶紧想一点别的办法吧！为了我们的孩子！

1991 年 7 月

原载《新民晚报》

卡拉OK歌舞厅里的遐思

卡拉OK风行多年，家喻户晓，可是直到不久前由于一次偶然机会，我才带着好奇心踏进一家卡拉OK歌舞厅。那里正好时兴“红太阳”音带，看着那些时髦的年轻男女在令人眼花缭乱、五彩缤纷的光晕中，和着电子音乐和迪斯科节奏，以轻佻的或者叫潇洒的姿态唱领袖颂歌和革命歌曲，让我在惊奇中感到滑稽、有趣，接着陷入沉思，思绪回到了很久以前……

那时候，我以戴帽有罪之身在某地农场劳动，同室有位难友老黄，中学教师，五十多岁了，身体很弱，“劳动收入”还不够他买饭菜票和香烟。几年过去了，别人用破了旧脸盆，换了新脸盆，他却一直买不起新脸盆。每天收工后，别人忙着洗脸擦身，只有他怯生生地在旁等着向别人借用，很少遭到拒绝，却常常遭到嘲笑，常听他自己喃喃地说：“我总要买一个，总要买一个新脸盆的。”“文革”开始后不久，我见老黄兴冲冲地挟着个新脸盆回来——大概只有幼儿园小朋友挟着一只玩具大狗熊才有那么一份欢喜，傍晚，他引人注目地打水、洗脸、揩身，坐下来洗脚。忽然，有人大喝一声：这脸盆有“最高指示”，不许洗脚！大家围拢来一看，果然盆底图案中有一段语录。

老黄似乎挨了一枪，脸色惨白，呆住了，接着在众人的吆喝声中把水倒掉，把脸盆洗净，搁在床底下——这时又有人喝道：最高指示不许搁在床底下！于是他又战战兢兢地把“最高指示”放在床头的箱子上。当晚，宿舍里议论开了：用这脸盆洗脚当然不可以，揩身不可以，洗脸呢，也不可以，因为那都是对“最高指示”的大不敬。于是，从春到夏，从秋到冬，那有着“最高指示”的新脸盆始终竖着供在老黄床头的箱子上。老黄仍像先前一样，每天傍晚怯生生地等着向别人借，很少遭到拒绝，却常常遭到嘲笑，而且，他老得多了。

我记得有个寒夜，另有一位难友在去厕所路上，也许为了给自己壮胆，黑暗里吹口哨吹着革命歌曲的调子，被人揭发了，遭到狠狠地批斗，幸而“认罪态度较好”，被宽大处理，整整三个月早晚在最高领袖像前低头弯腰认罪三十分钟。领袖颂歌、革命歌曲是可以唱着玩的吗？唱着它必须是场合非常严肃、态度非常虔诚。记得那一年，有个业余演员在演唱样板戏时插进自编的“噱头”，被以“现行反革命”处死。这是闹着玩的吗？

眼前这些快活的油腔滑调的俊男倩女，几乎使我心生嫉妒：他们确实是生逢盛世，无比幸福了，要是落在当年造反派手里，这批男女个个有挨皮鞭的资格，要是落到张春桥手里，个个活不成！可是他们现在爱唱什么就唱什么，爱怎样唱就怎样唱，没有听说有人怪罪他们不敬或不妥，有的人士还认为这是很值得新老革命者高兴的“积极的历史现象”……

在电子音乐的噪声中，我忽然想起马克思说过的话：历史现象往往会重复出现，然而第一次是悲剧，第二次往往是喜剧。

1991 年

原载《联合时报》

夜航船现象

明季末叶，名载史册的贪官污吏不少，但那时代却出了一些在中国文学史上非常耀眼的散文作家，就像某位哲人所说：上帝创造了一个坏东西，一定另又创造出一个好东西来补偿。张岱就是这时散文星群中的佼佼者。读者难忘他那篇只有六七百字的《西湖七月半》。“西湖七月半，一无可看者，止可看看七月半之人……”语言简约，文字清奇，描写社会风情，穷形极状，且又感情深挚，风流自赏。多年前知道他写过一本《夜航船》，以为那大概是散文集。夜航船，天上明月，水上清风，近有桥影，远听钟声，那是很美的。最近看到《夜航船》，原是一本小型百科全书。但和别的百科全书不同，作者似凭记忆，信手写来，简约清奇，并不枯燥乏味。出过《陶庵梦忆》、《琅嬛文集》的散文家、思想家，为什么要花力气写这样一本居然涵盖古往今来，天文地理，三教九流，诸子百家的小百科全书呢？

夜航船，在那时候常作旅人客舍，是读书人和普通老百姓容易凑到一起的地方。张岱在《夜航船序》上说，“昔有一僧人，与一士子同宿夜航船”，士子高谈阔论，僧人服帖得不得了，大气也不敢出，脚也不敢伸，但慢慢地却听出了破绽，说道，“请问相公，澹台灭明是一个人、两个人？”士子说“是两个人”，僧人又问，“尧舜是一个人，两个人？”士子说，“自然是一个人”！僧人乃笑曰，“这等说起来，且待小僧伸伸脚”。

张岱感慨说，“天下学问，惟夜航船中最难对付”，村夫俗子，他们心目中的学问大都是“云台二十八将，瀛州十八学士”之类，如错漏一个名字，便认为“可耻孰甚”，会把你大大奚落一番，他们不知道，即使失记某个姓名，某些细节，“实无害于学问文理”，但世俗如此，于是，死记硬背，两脚书橱，“便成博学才子矣”。张岱蔑视当时这等风气，却又未能免俗，便写了这本小型百科全书，自序说，“余所记载，皆眼前极肤浅之事，吾辈聊且记取，但勿使僧人伸脚则可已矣，故即命名曰《夜航船》”。

中国历史源远流长，学问浩如烟海，在这里出现夜航船的文化冲突，也许是不可避免的。直到现在，“夜航船现象”仍屡屡可见。中国读书人在自己的文化苦旅中，仍不免有时投宿夜航船，有时仍不免遇“僧人伸脚”的尴尬。所谓“咬文嚼字”，找破绽者有之，不服被找破绽者有之，才学虽胜于“士子”，气量却未及“僧人”，且双方多恨恨地磨墨，小题大做，不能以平常心对待，既无益于“学问文理”，又有劫掠读者时间金钱之嫌。“夜航船现象”！可悲可叹！

章士钊曾引用“二桃杀三士”典故，望文生义，把“三士”误为“三个读书人”，被鲁迅着实地讽刺了一下，那是因为在“中华民族最危险的时候”，章先生辈仍悠然地提倡国学，主张读经，鲁迅借故在“正人君子”鼻子上搽一点白粉，并非小题大做，另当别论，不可以“夜航船现象”视之。

2003年8月

原载《新民晚报》

站在没有鱼的湖边

——写给一位老同学的信

那些年轻时没有获得“生命真正珍品”的人，暮年时，“会像一只长腿老苍鹭一样悲伤地站在没有鱼的湖边”。书上这一段话，久久难忘。

我有没有获得过“生命真正珍品”呢？似乎没有，又似乎有。但是，有的时候，我觉得自己真像一只长腿的老苍鹭一样悲伤地站在没有鱼的湖边，落日余晖在我背后拉长一条灰色的阴影。

我确实不是那种乐天达观的老头子。老了的感觉，力不从心的感觉，时如夜雨在暗中敲打我的窗户，带来丝丝寒意，尤其在大前年生了一场大病之后。但是，我又不是那种甘于寂寞的老头子，我总在想方设法多做点事，自找麻烦。日前与友人闲聊，讲起时下有一种说法：退休后闲着那叫坐以待毙；继续忙着做事，那叫垂死挣扎。闲着日益懒散、颓唐，生计日益局促；忙着呢，精神振作，于健康和生活不无裨益，虽然也吃力，有如爬山。两害相权取其轻，结论是：与其坐以待毙，不如垂死挣扎。

这一番话让我们开怀大笑，之后又觉悲凉。“垂死挣扎”，谑而近虐，通常我们是叫做“发挥余热”的。可是，在显然由于心力不济而事与愿违的时候，确实有挣扎之苦，颇似从水里被抛到岸上的鱼……

遭际如此，那时又觉得与其垂死挣扎，不如坐以待毙了。

然而，有报道说，社会日益“老化”，到本世纪末，上海两个职工就要养活一个退休职工，这负担多么沉重！——我们就只配让人养着？每念及此，“老如降将无穷耻”，不禁汗发背而泪沾衣了。

与其坐以待毙，不如垂死挣扎！

然而，又有人认为，“应当禁止老人再就业，以便留出位子，让青年人有更多就业的机会”。原来，我们竟是在同年轻人抢饭碗，“牺牲青春勃发的热情以服从自己晚年的利益”不但可耻，而且可恨。

呜呼！与其垂死挣扎，不如坐以待毙。还是去孤寂地“站在没有鱼的湖边”吧！

然而，《人口研究》最近又载文，一些事情非老年人就办不成，办不好，再就业不但不妨碍，反而扩大了青年人就业的门路。这么一说，我辈又可以心安理得了。

有一天，在公共汽车上，听到两位年轻女士在对话，话题是婆婆。一位说，婆婆成天唠叨个没完，“烦死人了”；另一位说，“我家的不也一样，我倒不计较，反正那老太婆也没几年好啰唆了。”

后一位的宽宏大量使我寒心，也因此有点省悟，我们是不是在年轻人面前，也常常唠叨得可厌呢？我们尤其常常喜欢在他们面前夸耀我们过去的时代如何如何，包括一个茶叶蛋只卖五分钱，而现在又如何“人心不古，世风日下”。我不知道年轻人听了我们的絮叨是怎样想的。我害怕他们也学刻薄的英国诗人蒲伯那样，在心里说：“有些老年人不断赞美他们的青年时代，几乎使我们相信那时代没有傻瓜，但是不幸的是他们留下了自己作为傻瓜的例证。”

还是少说点陈年废话，少出点不合时宜的馊主意吧。我们愿意对年轻人多作点贡献，但我想，我们对他们最大的贡献，也许就是不再有过多的干涉，让他们自己走路吧！

也许我们只该在“没有鱼的湖边”多站一会儿。但是，我是不会长久地悲伤地望着那湖水发呆的，好歹还要垂死挣扎。

1991 年 7 月

原载《新民晚报》

后记

有一个长时期，除了“检查交代”，什么也不能写。那时虽在社会最底层，却常有颇似伟大的称谓“社会基础”：做帝国主义的“社会基础”，做蒋介石匪帮或苏修等等的“社会基础”，更多的是做国内阶级斗争中相继垮台的大人物的“社会基础”。刘少奇、林彪等等，都曾经是我辈的“忠实代理人”。“代理人”？也许是，也许不是，可以肯定的是，这些代理人绝对不“忠实”，因为他们在台上时候，没有一星半点减轻我辈苦难的英明措施，只是在垮台以后，才从“亲密战友”意外地成为敌人的忠实代理人。那时期，确实是个开政治玩笑的大时代。

“物不得其平则鸣”，然而人不得其平却只能默不作声。有人形容“沉默得像一棵树”，但活着的树风雨来时枝叶仍沙沙作声，而我却是一棵落尽了叶子的枯树，什么声息也没有。

天色微明，才又开始舞文弄墨，最初写的就是《从〈国际歌〉和〈东方红〉说起》。其实，该先写自己的“从枯树说起”。但是我毫不迟疑地不写沉默的枯树，而写《国际歌》和《东方红》。处江湖之远而忧其民，这也许可算是中国杂文作者的宿命吧。

十几年前，我在《再思集》的前记上说，看着自己过去写下的文字，仿佛一片片留着或深或浅时令变迁痕迹的落叶，而且无法涂抹。现在我想，又何必涂抹呢？在时令变迁的痕迹里，也许可以读出点什么来：在可以说话的时候，可以说什么，不可以说什么，可以怎样说，不可以怎样说。我们不屑写应景文章，但也不可以随意写煞风景的文章。在执笔的时候，想着怎样把文章写好，更想着怎样才能让它过五关，不被捉到曹营去杀头。我们常常要拔几根孔雀羽毛插在自己的乌鸦尾巴上。

不久以前，读过一篇报道，某老先生在座谈会上谈过去在单位里怎样像童养媳过日子。他没有得到普遍的同情，在座一位青年同志喝问道：你为什么不跳槽？不炒领导鱿鱼？我编这个集子，有时就想到这睁圆眼睛的喝问。

编选这个集子，先做两点说明：（一）手头资料有的没有注明写作日期，有的没有注明原发表报刊的名字，现在我凭记忆补上。但年迈神衰，记忆难免有误，敬请读者原谅。（二）编选进来的文章，除极个别的文字改动，一仍旧貌。

本集中编进了《永远不能忘记历史的教训》一文。文章写得并不好，散漫芜杂；所谈种种，现时看来也“卑之无甚高论”，但在当时确实有春雷惊蛰的气势，影响甚大。选中它和其他类似文章，是因为看上它们的一点史料价值。比之其他文学样式，杂文更是时代的镜子。鉴昔知今，曹丕说得好，年寿有时而尽，未若文章之无穷。

周修睦

2013 年 12 月 21 日